TABLE DES MATIÈRES.

HUITIÈME LETTRE

A

M. LE RÉDACTEUR DU JOURNAL DES DÉBATS,

SUR

L'ÉTAT DES AFFAIRES PUBLIQUES.

MONSIEUR,

L'anniversaire du 29 septembre fut royalement célébré il y a trois ans. Charles X se montra à ses peuples. Il voulut que l'élite armée des habitans de sa capitale se pressât autour de lui ; et comme tous les autres citadins accouraient aussi, affamés de sa présence, il s'écriait : Point de hallebardes ! A ce cri paternel, les peuples répondaient par des bénédictions unanimes. Trois cent mille voix mêlaient le nom de la liberté de la presse au cri de la reconnaissance et de la loyauté. Le Roi venait de rendre la liberté de la parole à ses sujets, et ses sujets en faisaient usage pour répéter tous ensemble sur son passage : *vive le Roi !*

C'était là le don du joyeux avènement, les royales inspirations, les utiles pensées, les allégresses salutaires ! On voulait fêter dignement l'enfant du miracle en liant ses destins à ceux du pacte auguste qui fut donné *à toujours*. On voulait que celui qui avait été nommé l'enfant de l'Europe, fut aussi l'enfant de la France.

Cette année, il n'y a pas eu de 29 septembre. Le Roi n'est point sorti de Saint-Cloud. S. M. s'est bornée à tenir une table de douze couverts, à recevoir les hommages du nonce de S. S. et de M. le prince de Castelcicala. Cette année, Charles X n'avait point de garde nationale à voir, point de rendez-vous joyeux à donner à la première de ses bonnes villes, à la ville du 12 avril. La revue même des troupes de ligne et de la garde royale a été contremandée, on ne sait pourquoi. Le *Moniteur*, pour expliquer ces contre-ordres, a bégayé deux ou trois sottises officielles. Tout est resté morne. L'administration a senti qu'elle ne pouvait demander la joie en commandant le silence, et on a entendu le peuple dire : Ils ne s'amusent point là-bas plus que nous. C'est le *si le Roi le savait* des anciens temps.

En place de l'acte de munificence royale, nous avons eu cette année quelque chose de non moins mémorable, et d'inaccessible, par bonheur, aux atteintes du ministère : c'est le jugement dont les journaux du 29 septembre ont enrichi leurs colonnes. Les bienfaits de la magistrature ont cela de glorieux qu'ils s'appellent actes de justice, point de grâce ; que par suite, nulle faveur et nulle fantaisie ne peuvent les révoquer ; qu'ils consacrent des principes, posent des règles, font que force reste à la loi, et sont toute une jurisprudence, toute une législation acquise aux temps à venir. Le jugement que Paris célébrait hier est le contre-poids de la censure. C'est notre indemnité. Admirable effet des sollicitudes et des travaux du ministère ! Le 29 septembre 1827, la France s'est occupée à bénir ses magistrats.

Tout ici est à examiner. Le tribunal n'était point suspect de partialité pour les noms qui étaient en cause, ni pour les doctrines auxquelles ces noms servent de drapeaux. Les juges n'ont donc obéi qu'aux inspirations de leur conscience, d'une conscience instruite de tout *ce qui s'est passé*, de tout ce que pense et sent la France, de tout ce qu'a fait, de tout ce que rêve le ministère. Ce ministère détestable a des cris de guerre différens pour appeler au combat toutes les classes et tous les corps. Non content de ces grands méfaits qui s'adressent au pays tout entier, dont le pays tout entier s'indigne, il a des défis particuliers pour entraîner tour-à-tour dans la lice ce qu'il y a de plus inoffensif et de plus pacifique. Pour exaspérer la littérature, il renverse les écoles. Pour provoquer la justice, il appelle les magistrats des légistes; il insulte à la chose jugée; il multiplie les conflits; il se lance dans l'interprétation des lois. Il semble avoir peur enfin que la France et l'Europe ne sachent pas assez vite que la magistrature et lui sont inconciliables désormais, comme lui et l'imprimerie l'étaient l'an passé. La magistrature, obligée de prendre en mains la défense des lois, prend ainsi en mains et venge la querelle de la France. Comme autrefois les sujets cherchaient un refuge dans leurs adversités à l'ombre du trône, ainsi les citoyens aujourd'hui cherchent un refuge derrière les académies, derrière la chambre haute, derrière les tribunaux. Cette confiance qui n'a plus où se prendre, cette reconnaissance que le ministère s'attache à laisser

flottante, tous ces sentimens loyaux qui sont les liens
des états, et la force comme la parure de l'autorité,
se fixent autour des pouvoirs secondaires qu'une déplorable fatalité condamne à être seuls occupés du
soin de protéger etd'affermir.

Ce n'était point là l'avenir que nous aimions à
concevoir lors des doux et unanimes transports de
l'avènement. Il est vrai qu'alors, pour maintenir
cet empire salutaire de la couronne sur les esprits et
sur les cœurs, une condition nous semblait devoir
être avant tout remplie, et elle ne l'a pas été.

Vous vous rappelez, monsieur, qu'alors nous di-
sions que le ministère saurait bien contrister ces joies
et les rendre stériles, Il vous souvient aussi comme
. nos craintes furent calomniées. On nous reprocha
d'attenter, par notre opposition, à l'allégresse publique. Cette opposition fut déclarée personnelle, et
par conséquent passionnée, déraisonnable, sédi-
tieuse. C'était une guerre de portefeuilles. Nous
avions la prétention de nous mettre à la place du
grand M. de Villèle. Nous voulions, pour le second
règne de la restauration française, le maintien de
cette brillante auréole de popularité dont elle fut en
quelques momens environnée; et qui avait dit popularité, avait dès lors rêvé tous les crimes : il semblait
que dans ce vœu il y eût infidélité envers le sang de
Henri IV ; le ministère criait dans ses journaux que
le chasser parce qu'il déplaisait à la France, ce serait
recommencer les fautes de l'infortuné Louis XVI,
et perdre à toujours la monarchie en sapant l'autorité royale jusque dans ses fondemens.

Le ministère est donc resté debout. Qu'a gagné

l'autorité royale à cette facile et longue victoire sur les prières de l'opinion désarmée, sur les gémissemens de la France obéissante? Qu'y a-t-elle gagné en puissance et en gloire, alors que toutes les institutions lui font obstacle, que les tentatives de ses conseillers se comptent par leurs défaites, et que le faisceau de la reconnaissance nationale, rompu par leurs mains coupables, va sans cesse enrichir de ses débris les corps, les lois, les hommes qui se trouvent tour-à-tour appelés par la fortune à recueillir son héritage?

C'est un soin curieux et utile que d'observer ce que la puissance royale est devenue dans les mains de l'administration qui nous régit, sous les seuls rapports d'influence et de dignité. Cet examen est assez décisif et assez triste pour justifier tous nos vieux oracles. Avouons même, monsieur, que notre pénétration a été en défaut. Nos ministres sont gens à dépasser toujours l'attente publique.

Ici, je ne parlerai point de l'empire journalier de l'autorité sur les esprits; cet empire, qui adoucit les mécontentemens, dissipe les alarmes, efface le souvenir des discordes, domine les compagnies aussi bien que les simples sujets, et, ralliant tous les enfans de la grande famille autour du père qu'elle aime, les entraîne tous ensemble à leur insu, comme des coursiers qui ne sentent pas le joug, dans la carrière qu'un génie bienfaisant leur a tracée. Ce sont là de trop brillantes utopies. Rêves de repos, rêves de gloire, la France ne vous connaît plus, et le ministère ne manquerait pas de dire qu'il eût accompli ces faciles prodiges si la liberté de la presse n'eût interdit au

pays la manne de ses bienfaits. Est-ce donc aussi la
presse qui a fait de la monarchie de Philippe V ce
qu'elle est devenue sous ses auspices destructeurs ?

Comme les tribunaux sont accusés d'un attachement passionné à la cause de la justice et des lois,
que leur fidélité à la charte est suspecte et importune,
portons nos regards sur les chambres, et qu'on veuille
bien observer l'attitude des ministres de la couronne
devant ces grands corps. En quelle estime y est leur
habileté, en quelle considération leur parole, en quel
crédit leur sagesse ? Ils s'épuisent en argumens pour
ruiner une pétition dans le respect de l'assemblée qui
les écoute, et cette pétition, eux présens, leur est
renvoyée. Portent-ils une loi sur le jury? cette loi
fait sourire leur grave auditoire, et une nouvelle loi
sort de la discussion, si probe, si salutaire, si diffé-
rente enfin de son aînée, que le garde des sceaux
ne peut y reconnaître son enfant, qu'il la désavoue,
et invente des procédés inconnus jusqu'alors pour
trouver moyen de faire part à l'autre chambre et à
toute la France des désappointemens de sa tendresse
paternelle. Peut-être, il est vrai, ces journalistes,
dont apparemment le sourire, à défaut de pensions
et de dignités, séduit citoyens, magistrats et pairs de
France ; ces journalistes souverains, disons-nous, ont
gagné la chambre haute à la cause de l'opposition
dans l'affaire de la pétition Montlosier et de la loi du
jury. Mais la question du code militaire n'avait pas
même été effleurée par les feuilles publiques. C'était
une question que les ministres devaient bien savoir,
car depuis six ans ils l'étudient ; nul esprit de parti
ne s'est attaché à combattre leurs conceptions, et

voilà que la commission de la chambre des pairs ré-
forme le code tout entier avec une armée de cent
trente amendemens. Il y aurait eu de quoi mettre en
fuite une administration moins aguerrie aux revers
Chez elle le courage supplée au génie.

Le ministère répondra-t-il que ce sont là toujours
des procédés de la chambre haute, de la chambre
aristocratique, de la chambre héréditaire, de celle
que la presse a sans retour corrompue par ses louanges, celle qui s'est gangrénée de popularité? Contem-
plons ce qui se passe dans une assemblée qui a su ad-
mirablement se défendre des faveurs corruptrices de
cette puissance qu'on appelait autrefois la reine du
monde. Là, de l'aveu de tout le monde, le pouvoir
de l'opinion et celui de la presse ont échoué; là les
journaux ont trouvé des consciences de fer. Leurs
menaces et leurs promesses, leurs louanges et leurs re-
proches n'ont pas eu prise sur des esprits nourris d'an-
tidotes comme Mithridate, et à l'épreuve de tous les
poisons. Ces esprits vigoureux n'avaient du reste rien
d'hostile pour les dépositaires de la confiance du
trône. Mille sympathies ont établi la concorde, mille
liens la fortifient. Hé bien! que deviennent dans
cette assemblée les combinaisons ministérielles? qu'y
devient le ministère lui-même, si bien perdu au milieu de forces qui lui sont égales, que ses broderies
et son pouvoir ne parviennent pas à lui faire rompre
ce niveau ?

Chez les pairs, la gravité des délibérations est encore un hommage rendu à la présence des commis-
saires de la couronne. La maturité des débats, la
longue et sérieuse méditation des amendemens,

attestent le respect des nobles opinans pour la proposition royale. Mais où pourrait-on trouver dans
le monde un spectacle aussi extraordinaire que celui
qui a été plus d'une fois offert par les députés aux
regards étonnés de la France? Dans l'affaire de la
presse, deux lois se sont concurremment disputé la
tribune, celle de la commission, celle du ministère,
et leur choc en a mis au monde une troisième, sorte
de Pallas armée en guerre qui pouvait se vanter d'a-
voir été faite à coups de hache comme la Minerve
antique. Pour arriver là que d'affronts à dévorer! Il
faut abandonner la moitié des créations premières,
reconnues trop épouvantables pour soutenir la clarté
du jour; le reste périt et renaît sous mille formes
diverses dans le cours de ce laborieux enfantement.
Tout périrait peut-être si, compatissant à ce nau-
frage, l'honorable M. Dudon ne se jetait à la mer
comme un matelot intrépide, tandis que le garde des
sceaux apparemment

Se plaint de sa grandeur qui l'attache au rivage;

M. Dudon ressaisit, tantôt un lambeau d'article
ministériel , plus souvent un article de la commission, par fois un amendement inopiné qui,
sans lui, allait mourir en naissant, bizarre assem-
blage de restes mutilés et d'informes débris que le
ministère porte hardiment à la chambre haute pour
s'assurer les profits du sauvetage, n'en pouvant plus
avoir les honneurs. Ensuite il faut que ce ministère,
de sa propre main, rende le tout au néant. L'autorité supérieure briserait mille fois le maire de vil-

lage qui aurait un moment laissé son écharpe tomber en de tels mépris.

Qu'une assemblée repousse en masse un projet de loi, qu'à défaut du rejet absolu elle l'amende puissamment dans un esprit différent de ses auteurs, on le conçoit sans peine ; il y a indice manifeste de dissentiment, il peut n'y avoir pas offense. Mais ici les ministres et les députés n'avaient tous ensemble qu'un seul et même esprit. La loi de la presse est sortie du crible de la discussion, tout juste ni plus ni moins mauvaise, ni plus ni moins morale, ni plus ni moins littéraire, ni plus ni moins généreuse qu'elle ne l'était avant cette épreuve. Les membres de la majorité, par leurs changemens de rédaction improvisés et leurs combinaisons différentes, proclamaient seulement qu'ils se sentaient plus habiles gens que le ministère, qu'ils étaient sûrs de trouver mieux à la volée, que les conseillers de la couronne dans de longues veilles, que c'étaient même là de ces vérités qui ne peuvent faire un doute ; car s'il y avait eu doute, les égards dus aux membres du cabinet, et à tout le moins le respect pour l'initiative royale, auraient entraîné la balance.

Il n'y a point de sophismes qui puissent donner le change sur ces résultats. L'assemblée a sans cesse marché au hasard, donc le ministère ne sait pas la guider plus que la chambre des pairs ; elle a dix fois par séance réformé l'œuvre ministérielle, donc elle n'a point foi aux lumières, à la sagesse des arbitres de l'état ; elle n'a eu nul souci de blesser, par ses procédés, leur dignité compromise ; ils semblaient tour à tour en oubli et sur la sellette, aussi bien que leur loi; donc elle n'a nulle considération pour leurs personnes, et la déconsidération est si grande, que dans ces affronts il n'y a point d'hostilité; elle est si avérée, si notoire, si reçue, si naturelle, que le ministère qui reçoit les outrages est comme la majorité qui les inflige : lui-même ne les remarque pas.

Jamais dépositaires d'un grand pouvoir n'étaient arrivés à ce degré d'effacement dans l'estime publique. L'histoire n'offre pas un autre exemple de cette impuissance au sein de la puissance même. Tout médiocre, tout démonétisé qu'il fût, le directoire était quelque chose de sérieux, de grave, de considérable, de respecté, en comparaison de ce que nous avons sous les yeux. Et si l'on désire connaître la portée d'une telle déchéance, qu'on veuille bien songer que les ministres luttent contre les dissentimens avec toutes leurs armes, qu'ils ont vingt fois essayé de se couvrir d'une prérogative ou d'un nom auguste, et que c'est sous cette égide sacrée qu'ils finissent toujours par succomber. Voilà donc les fruits que la royauté devait retirer de l'affermissement du ministère au timon de l'état. Tels sont les biens qui auraient été compromis si le gouvernail était passé en d'autres mains! D'autres conseils, s'ils avaient renoncé à faire bénir leur pouvoir, auraient du moins su le faire respecter.

Qu'arrive-t-il de la doctrine qui fut proclamée par les défenseurs de l'administration? Cette administration déplorable garde les rènes, et son incapacité les lui arrache; c'est, faute de mieux, la force des choses qui la destitue. Seulement sa succession reste ouverte de son vivant, sans être recueillie: sa place est vacante, il y a anarchie partout, une anarchie inféconde d'où ne sort ni désordre, ni gloire, parce que la nation, enchaînée par sa sagesse au pied d'un trône qu'elle révère, attend; immobile, de l'action lente et progressive de nos institutions, des destins meilleurs.

A présent veut-on savoir qui a destitué le ministère de toute autorité sur la France? c'est lui-même. Lors de l'avènement, il avait à régir un peuple content de peu, las de discordes, charmé par le sourire de Charles X, ivre d'espoir. Pour régir ce bon peuple, il avait paix universelle au dehors, au dedans universelle obéissance, des tribunaux fidèles, une chambre royaliste qui comptait quinze membres de l'opposition, enfin l'administration, le clergé, l'armée et un milliard d'impôts. Quel parti a-t-il tiré de tous ces biens, on ne dit pas pour assurer à la restauration des siècles de vie, ou pour replacer la France au rang qu'elle occupa dans le respect du monde, mais simplement pour conserver au ministère même l'ombre de cette autorité qui appartient aux grands pouvoirs? Traité par la fortune comme jamais puissance ne le fut sur la terre, il n'a su, par des années de travail, que se placer bien loin au-delà de la haine, loin au dessous de l'envie, et son existence ne semble avoir servi qu'à mûrir le curieux problême de savoir combien de mois il faudrait à une administration miraculeusement inhabile, pour déposséder de toute influence et de tout empire une monarchie également investie de force, et par nos sentimens et par nos lois.

Le mal que le ministère a fait sous l'unique rapport qui nous occupe, sera long et difficile à réparer. On n'imagine pas comment des hommes d'état sérieux, quand nous en aurons, des hommes puissans

en expérience, en renommée, en savoir, en génie,
pourront replacer ces fonctions éminentes, faites pour
briller de quelques-uns des reflets de la splendeur
royale, à la hauteur d'où elles ne devaient jamais dé-
choir. Ce sont là des intérêts immenses. L'obéissance
en est ennoblie, et l'autorité en est fortifiée. Qui saura
rendre aux majorités ces habitudes de déférence, à
la polémique ces formes révérencieuses et modérées,
qui sont un besoin des Français, dont les esprits
graves, préoccupés du lendemain, déplorent profon-
dément l'absence, et que nous avons, tous tant que
nous sommes, laissé perdre, parce que le ministère
est plus fort que nous? Il y a en lui un art qui rompt
tous les charmes. Sa magie domine toutes les volon-
tés. Il force les cœurs à se montrer à nu, et quand
pour empêcher pourtant qu'on n'y lise les sentimens
pénibles dont toutes les ames sont remplies, il s'en
prend à la presse, et veut la briser; il imite l'enfant
qui bat la pierre avec laquelle lui-même s'est blessé.

Aussi, voyez les ravages! Pour défendre sa misé-
rable vie, le ministère est tour-à-tour réduit à frapper des disgrâces du trône l'académie française, le
corps le plus royaliste et le plus pacifique du royaume,
la chambre haute, la cour royale, la ville de Paris.
Voici apparemment le tour des tribunaux de première
instance. Le tour de la pensée, de la parole même
de la France, était passé depuis long-temps. Il avait
fallu, pour complaire à quelques hommes, et ressai-
sir leur considération perdue, abolir le premier, le
plus illustre bienfait de l'avènement, restituer aux
Français les acclamations qui le payèrent; et la liberté qui nous fut ravie par le ministère, nous est

tous les jours rendue par la justice. Une ordonnance nous a repris beaucoup moins que ne nous ont donné depuis quelques mois des arrêts.

C'est que le crime n'était pas à Guttemberg ni aux presses françaises ; car le talisman agit aux deux bouts du monde.

Pourquoi M. Canning ne venait-il à Paris que pour toiser les conseillers du trône , et à peine revenu aux bords de la Tamise, les fustigeait-il de ses mépris ? La Prusse avait pris soin de nous révéler, par ses invasions, les sentimens qu'ils lui inspirent. M. d'Appony a donné à connaître ceux de l'Autriche. M. de Damas nous a fait confidence des coups de pied de la camarilla espagnole. Il n'y a que notre voisin le grand-duc de Bade qui paraisse vouloir bien encore nous ménager. Mais patience. Que ne fera-t-il point quand il connaîtra l'affaire merveilleuse du dey d'Alger?

Ainsi cette contagion a gagné la chambre des députés comme les tribunaux , et le dehors comme le dedans. Il n'y a qu'un sentiment , il n'y a qu'un cri.

Ce cri , on ne l'a point étouffé avec le secours de la censure. Ce sentiment, on ne l'a point refoulé au fond des cœurs. Il perce dans le silence des fêtes de famille de Saint-Cloud. Il sortira de tous les chocs que la fortune prépare , de tous les malheurs qu'une situation violente ne tardera pas à engendrer bientôt. Et rien n'est plus violent que les combats entre l'estime et l'obéissance, que la soumission d'un peuple intelligent et plein d'honneur à un cabinet inhabile et déconsidéré. Le jour où , dans l'empire romain , la toge consulaire décora ces enfans malheureux de l'Asie qui ne pouvaient compter sur le respect des hommes, ce jour-là la monarchie des Césars tomba dissoute sans retour.

VOYAGE DU ROI.

C'est toujours sur les douces impressions du voyage de Saint-Omer, que le ministère ose compter pour détruire, dans la sphère des hautes influences, l'accusation sans cesse présente de l'état bizarre et funeste où il a mis la monarchie. Il pense que le cri de vive le Roi, poussé par nos provinces, a répondu à tout. Ainsi on oppose aux doléances des peuples, de leurs magistrats, de leurs représentans illustres, de leurs éloquens interprètes, l'affection des Français; et quand on voulait abolir l'imprimerie, on parlait de leur *désaffectionnement*..... Il reste donc reconnu que le chef du ministère ne célébrait ce désaffectionnement des peuples, que comme les condamnés qui jouent sous le fer rouge, et se vantent à la multitude étonnée, de plus de crimes qu'ils n'en ont commis.

Pourquoi le Roi ne peut-il savoir que dans plusieurs des départemens qu'il a parcourus la censure n'existait pas, qu'elle a été tout-à-coup établie à son approche, comme si c'était là l'indispensable avant-garde du Prince qui a fait le serment de Reims? Quelle est cette audace de ministres séparant leur maître de ses peuples, multipliant autour de lui les hallebardes, supprimant l'unique voie que la vérité eût d'arriver jusqu'à lui, disant à l'Europe qu'il faut que le silence soit commandé à son approche, pour que rien de séditieux et de coupable n'attriste son passage?

Ainsi a-t-il été fait à Amiens, et cette censure, qui siégeait apparemment en habit de fêtes, en habit français, suivant les injonctions officielles des préfectures, s'est montrée digne à sa naissance de la censure-modèle dont la capitale s'enorgueillit. Dans des considérations agricoles était citée une opinion de M. le conseiller d'état comte de Saint-Cricq, président du bureau de commerce, sur l'allanguissement de notre agriculture en beaucoup de lieux. Cette opinion avait été prononcée officiellement à la tribune. La censure d'Amiens a supprimé une citation propre à troubler le bonheur du cœur paternel et royal de S. M., en l'éclairant.

La feuille d'Affiches de la Somme disait à propos des incendies, que si les passans subissaient des contraintes illégales, tout le monde s'éloignerait et laisserait s'éteindre ce feu en *liberté :* ce dernier mot à disparu; craignait-on qu'il ne blessât les regards de ces Princes dont la gloire fut de consacrer les libertés publiques?

Sûrement, si le Roi avait jeté les yeux sur les feuilles locales, ses regards eussent été péniblement affectés de ces blancs sans fin, unique place laissée à l'expression des sentimens et des vœux des administrés. Le reste appartenait aux harangues officielles, et Dieu sait qu'il n'y avait pas de quoi attrister moins le cœur du Roi.

Ainsi, comment imaginer que M. le préfet de ce département, magistrat issu d'une famille où rien n'est plus commun que l'esprit et le cœur, n'ait rien

trouvé à dire en haraguant le monarque, que des gé-
néralités louangeuses qui traînent dans tous les compli-
mens d'apparat depuis quatre mille ans ? Après
avoir réuni et répété, sans l'adjonction d'un fait, sans
l'invocation d'un souvenir, les mots de *bonheur,* de
jouissance, d'*ivresse ,* de *vœux comblés ,* de *respect,*
de *dévouement ,* d'*amour,* d'*attachement ,* de *cœurs
qui se pressent,* l'honorable magistrat ajoute : Nous
le disons avec cette franchise qui caractérise les Picards.... On s'attend à une doléance loyale , à un
vœu hardi dans un préfet ; on suppose que tout ce
qui a précédé était une précaution oratoire pour
protéger ce qui va suivre ; ce qui suit est ceci : « Vo-
« tre Majesté n'a pas de sujets plus fidèles, plus dé-
« voués et plus soumis. » Il pouvait y avoir aussi des
Picards à Memphis et à Ecbatane.

On remarque que dans les seuls discours que contient la partie , approuvée par la censure , d'un seul
numéro du *Journal de la Somme,* ces mots d'amour,
d'allégresse , de félicité, se reproduisent *quatre-vingt-
quatorze* fois ! Il y a, on ose le dire, peu de sollicitude,
et peu de respect à fatiguer l'admirable bienveillance
du monarque par ces redites monotones qui ne lui
apprennent rien des besoins, non plus que des sentimens de ses sujets. Il eût été plus simple de borner
toutes les harangues à ces deux distiques de l'un des
poètes officiels du lieu :

Amiens, ville fidele, pour toi quel heureux jour !
Tu possèdes ton Roi, dis-lui bien ton amour.

Si pour sauver vos jours il suffisait des nôtres,
Vous nous verriez mourir les uns après les autres.

Le sentiment est bien, c'est celui que tout Français, loyal a dans le cœur, dont, pour notre compte, monsieur, nous avons fait preuve dans les occurrences. Mais ne pensez-vous pas qu'avec une administration dont les actes mériteraient les louanges des Lavigne, des Lamartine, des Hugo, des Soumet, des Guiraud, des Viennet, des Laville, des Bonjour, de tous nos poètes renommés enfin, ces sentimens pourraient, à la rigueur être exprimés mieux? Que voulez-vous? C'est-là un des tristes spectacles de ce temps, qu'en littérature, comme en politique, les hommes de talent, après des efforts inutiles, ont tous été contraints par le ministère de laisser dans la solitude le trône de Louis XIV.

Vous les avez vus fuir les uns après les autres.

Le Roi a dû éprouver une vive satisfaction de trouver dans deux discours autre chose que des expressions fades et banales, le discours de M. l'évêque, qui, protestant contre son rang dans l'ordre des présentations, a fait observer que le clergé était le premier par la nature de ses fonctions, et celui de M. le président du tribunal civil, qui, réclamant contre la grande illégalité de la censure, a fait entendre ces loyales paroles :

« Heureux, sire, si ces marques si franches de dévouement, que vous pouvez apprécier aujourd'hui par vous même, ramènent votre ame à cette confiance, à cet abandon qui, à votre avènement, combla tous nos vœux, et semblait porter à votre cœur paternel de si douces jouissances!

Un tel langage aura reposé la grande ame du roi chevalier; il a dû les mêmes satisfactions au commerce d'Amiens, et la pétition suivante a été étouffée

2

par la censure; le public l'ignore, mais, grâce au ciel, le Roi la connaît.

Pétition présentée à Sa Majesté Charles X par le commerce d'Amiens, le 19 septembre dernier.

Sire,

Au milieu de la joie qu'inspire à toute une population fidèle l'auguste présence de Votre Majesté, qu'il nous soit permis d'exposer à votre cœur paternel notre situation et nos besoins : ce que les bons rois aiment avant tout, c'est la vérité.

Nos fabriques languissent;

Le prix de nos marchandises est avili.

Cette funeste langueur, nous l'attribuons au défaut de débouchés extérieurs. L'Espagne a établi progressivement des droits énormes sur nos lainages; nos tissus ne peuvent pénétrer en Lombardie, et la Belgique a mis sur les uns et les autres des droits tels qu'ils équivalent à une prohibition.

Nous supplions Votre Majesté d'aviser, dans sa sagesse, aux moyens de faire cesser la détresse qui nous accable et qui menace de s'accroître encore; cette prière, nous la déposons avec respect et confiance au pied de votre trône.

(Rognure du *Constitutionnel.*)

Pour en finir avec le voyage du roi, je vous raconterai, monsieur, une anecdote qui a le mérite d'avoir encouru les sévices de la censure de Paris.

— On s'entretient en ce moment dans les salons d'Arras d'un fait qui doit donner lieu, dit-on, à un procès qui ne peut manquer d'exciter la curiosité publique.

Une circulaire de M. le baron de Hautecloque, maire de la capitale de l'Artois, engageait tous les habitans à ne se présenter qu'en habit à la française au bal que la ville d'Arras a offert à S. M. le lundi 17 septembre. Chacun des invités s'est empressé de faire venir de Paris le costume exigé, voire même l'épée et le chapeau à claque. Cependant quelques retardataires se sont équipés à meilleur marché, en ayant recours aux talens de M. Cotelle, costumier de la capitale, qui est arrivé avec une cargaison d'habits à la française. Un

d'eux s'était rendu au magasin ambulant : un habit de ve-
lours cramoisi avait fixé particulièrement son attention; il
l'avait retenu, et le prix était arrêté entre lui et madame
Tiquet, fondée de pouvoirs du costumier. Notre élégant
avait mis à part le paquet qui contenait les objets de son
choix; et pour empêcher qu'un autre ne les convoitât, il
s'était avisé de détacher un des boutons de l'habit. Madame
Tiquet s'était prêtée de bonne grâce à cette précaution d'un
nouveau genre, et l'heureux possesseur du bouton diamanté
en faisait partout admirer l'éclat.

Mais quoi de plus changeant que le cœur de l'homme!
L'Artésien prend bientôt en aversion ce qui l'avait tant
flatté. Les boutons lui paraissent trop grands.... L'habit
n'est pas du goût moderne.... Bref, il le renvoie en disant
qu'il ne lui convient plus.

De là, double grief de la part de M. Cotelle : 1° il demande le bouton qui ne lui a pas été renvoyé, ou 25 francs
à titre d'indemnité; 2° une somme de 45 francs pour loca-
tion du costume qui n'a pas servi. Il paraît que le jeune
homme passe condamnation pour le paiement du bouton
qu'il avait égaré, sauf toutefois à en contester la valeur;
mais il soutient qu'il ne doit rien pour le costume dont il ne
s'est pas servi, et qu'il ne pourrait prendre publiquement
sans s'exposer à perdre la précieuse réputation que lui ont
valu son élégance et son bon goût.

(*Journal du Nord.* Rognure du *Courrier français.*)

On se demande pourquoi cette anecdote a paru
périlleuse et damnable à nos censeurs. Est - ce
parce qu'en plusieurs villes la nécessité de prendre
l'habit habillé et l'épée a été alléguée comme excuse
par un grand nombre de citoyens qui se sont ab-
sentés des fêtes administratives, ou bien parce que
des rapprochemens fâcheux s'offrent à la pensée?
Assurément la cour n'a pas pu inférer des acclamations de la loyauté, que les Français aient dans le
cœur de la reconnaissance pour le ministère, plus
qu'elle n'a pu conclure de l'aspect des bals, que les

habitans de nos provinces ont tous dans leur garde-
robe des habits français.

J'espère n'avoir point à revenir sur ce sujet, monsieur. Le Roi n'a pu avoir, dans son voyage, de
douces émotions que ne balance cette grande cala-
mité d'un ministère qui ne peut plus vivre avec le
corps vénérable, dépositaire du trésor de nos lois. Il
n'y a point de doute que ce ne soient là les impressions les plus durables et les plus profondes.

HOSTILITÉS DU MINISTÈRE CONTRE LA MAGIS-
TRATURE.

Ces hostilités ne sauraient être niées. Nous en
sommes venus à cet état de choses où le cabinet ne
peut plus souffrir que les citoyens louent leurs magistrats : ceci est prohibé.

— Il serait superflu de publier des réflexions sur le jugement rendu hier par le tribunal de police correctionnelle
dans l'affaire du *Récit des funérailles de Manuel.* Ce jugement a été suffisamment compris par le public ; mais il n'est
pas inutile de le rapprocher de l'arrêt de la cour royale de
Limoges et de celui de la cour royale de Paris, rendus sur
des questions électorales. En examinant ces actes mémora-
bles du pouvoir judiciaire, on y reconnaît cette fermeté de
principes, cette droiture de sentimens, qui ont de tout temps
honoré la magistrature française. Respect de la charte, inviolable fidélité aux sermens qui lui ont été prêtés, attachement aux libertés publiques, sollicitude pour les droits politiques des citoyens, pour la liberté de la presse, pour l'indépendance des élections ; voilà ce qui respire dans chaque
ligne des arrêts et du jugement qui ont fait naître la satisfaction
et la reconnaissance dans le cœur de tous les bons citoyens.
C'est pour les Français un puissant motif de consolation et
d'espérance que cette noble attitude de la magistrature : dans

un temps où la corruption n'a fait que trop de progrès, ils se plaisent à voir, dans sa courageuse indépendance, une garantie inviolable pour leurs libertés, pour leurs droits, pour leurs intérêts les plus chers, en même temps qu'un gage assuré de sécurité pour leur avenir.

(Rognure du *Courrier français.*)

Il est un autre tribunal dont le ministère permet et choye la louange. A la vérité ce tribunal n'est point français, et c'est l'inquisition. La censure ne permet point aux journaux de l'opposition la simple et inoffensive protestation de transcrire, sans commentaire, ce qu'elle a permis à d'autres journaux de dire.

— On lit, dans la *Gazette universelle de Lyon* un éloge curieux du St.-Office : « M. de Maistre, et un de nos plus « respectables députés, M. Clausel de Coussergues, dans un « de ses discours à la chambre, ont rendu justice au tribu- « nal de l'inquisition, et ils ont déclaré, avec raison, que « c'était le tribunal le plus juste, le plus religieux et le plus « moral de tous ceux de l'Europe. »   (*Ibid.*)

Tout ce qui concerne la magistrature éveille des ombrages. Autres suppressions.

— La même feuille annonce que la mesure prise par « M. le garde-des-sceaux à l'égard de M. de Schonen, con- « seiller à la cour royale de Paris, a produit une vive sensa- « tion. »   (*Ibid.*)

—La même feuille cite avec complaisance les articles de la loi du 20 avril 1810, qui donnent à la cour de cassation la faculté de censurer et suspendre, pour causes graves. les juges qui lui sont déféré. La *Gazette* serait charmée que l'on découvrît des causes graves pour provoquer la suspension de tout magistrat qui lui déplairait.

(Rognures du *Journal du Commerce.*)

DE L'ORDONNANCE INTERPRÉTATIVE DE LA LOI EN FAIT DE LIBRAIRIE.

Cette ordonnance a été rendue en haine des tribunaux, qui ont osé croire que la librairie, chargée d'entraves par les lois existantes, ne devait pas en outre plier sous le poids de chaînes trempées il y a cent ans et plus.

On se souvient que, le lendemain de la publication de la censure, il parut dans le *Moniteur* un article où l'on déclarait que l'examen et la discussion des actes de l'administration seraient permis aux journaux; qu'on ne voulait réprimer que la licence, et nullement gêner la liberté. On peut juger de la sincérité de ces promesses par le rejet successif des articles suivans sur un acte de la plus haute importance qui vient de sortir du ministère de la justice.

On a contesté au conseil d'état le pouvoir d'interprétation des lois. Voici ce que répond *le Moniteur* :

« Nous invitons les auteurs de l'objection à ouvrir le Code d'instruction criminelle, article 440 :

« Lorsqu'après une première cassation, le second arrêt « ou jugement sur le fond sera attaqué par les mêmes « moyens, il sera procédé selon les formes prescrites par « la loi du 16 septembre 1807. »

Que dit la loi du 16 septembre 1807?

« 1°. Il y a lieu à interprétation de la loi, si la cour de cas- « sation annule deux arrêts ou jugemens en dernier ressort « rendus dans la même affaire, entre les mêmes parties, et « qui ont été attaqués par les mêmes moyens.

« 2°. Cette interprétation est donnée dans la forme des ré- glemens d'administration publique. »

Que dit maintenant la Charte, art. 68?

« Le Code civil et les lois actuellement existantes, qui ne

« sont pas contraires à la présente Charte, restent en vigueur
« jusqu'à ce qu'il y soit légalement dérogé. »

« Nous nous croyons dispensés, par la citation de ces
textes, de traiter la question au fond. »

Le *Moniteur* n'est pas dispensé, ce nous semble, de prouver ce qui est en question, savoir que la loi qu'il invoque
n'est pas contraire à la Charte, que la Charte autorise le
conseil d'état à s'immiscer dans la législation et dans les
jugemens, à prononcer des peines fiscales, c'est-à-dire
à établir des impôts, le tout *dans la forme des réglemens
d'administration*.

Nous le prions donc, puisqu'il cite la Charte, de nous
dire par quel article de la Charte le conseil d'état est cons-
titué ou reconnu.

En attendant, nous demandons la permission d'imiter la
méthode du *Moniteur* et d'argumenter aussi par citation.

Que dit l'article 59 de la Charte ? « Les cours et les tribunaux ordinaires actuellement existans sont maintenus. Il
n'y sera rien changé qu'en vertu d'une loi. »

Quelle est la loi institutive de la cour de cassation ? C'est
la loi du 1ᵉʳ décembre 1790.

Que porte l'article 21 de cette loi ? le voici : « Lorsqu'un
jugement aura été cassé deux fois, et qu'un troisième tribunal aura jugé en dernier ressort de la même manière que
les deux premiers, la question ne pourra plus être agitée au
tribunal de cassation, qu'elle n'ait été soumise au *corps législatif*, qui en ce cas portera un décret déclaratoire de la
loi, et le tribunal de cassation s'y conformera. »

La constitution de l'an 3 attribuait également *corps législatif* le pouvoir d'interpréter les lois, et il en a été ainsi dans
tous les temps. Sous l'ancien régime, ce pouvoir appartenait
au souverain législateur, c'est-à-dire au roi. (Ordonnance
de 1667.)

Sous le régime impérial, l'arbitraire faisait la loi, et l'arbitraire interprétait ; mais la Charte dit, article 15 : « La
puissance législative s'exerce collectivement par le roi, la
chambre des pairs et la chambre des députés des départemens. »

Encore une citation. Le 21 septembre 1814, la chambre
des députés, usant de la faculté donnée aux chambres par
l'article 19 de la Charte, résolut de supplier le roi de pro-

poser une loi portant (article 3) : « La déclaration interprétative est donnée par le pouvoir législatif dans la forme·
ordinaire des lois. »

La résolution fut portée à la chambre des pairs. La commission chargée de l'examiner en proposa l'adoption, sauf
quelques changemens de rédaction Cette résolution n'eut
pas de suite, à cause des événemens du mois de mars.

Ce n'est pas une loi ; mais c'est une raison écrite, de laquelle il résulte au moins qu'il y a une lacune, que cette lacune devait être comblée par une loi, et qu'enfin, dans
l'opinion des chambres, l'interprétation appartient au pouvoir législatif.   (Rognure du *Journal du Commerce.)*

—La chambre des pairs a été appelée dans le cours de la
session dernière à s'occuper de cette grave question, à l'occasion d'une pétition qui lui fut adressée par M. Théry, libraire, et qui avait été rédigée par le jeune et savant M. Lu-
cas, avocat. Le pétitionnaire soutenait que le droit d'interprétation était du ressort du pouvoir législatif. C'est ce qu'a-
vait établi M. de Cormenin, maître des requêtes ; c'est ce que
les deux chambres avaient décidé le 11 septembre et le 11
octobre 1814. Leur résolution, qui n'avait pu être convertie
en loi à cause des événemens du 20 mars, portait (art. 3) :
« La déclaration interprétative des lois est présentée, discu-
« tée et promulguée dans la forme ordinaire des lois. »
                                        (*Ibid.*)

 — Le *Moniteur* contient aujourd'hui l'ordonnance que
nous avons rapportée hier, ordonnance d'une haute importance, puisqu'elle décide que l'interprétation législative
appartient au conseil-d'état et au ministère ; que des dispositions pénales regardées comme abrogées, peuvent être re-
mises en vigueur par une simple ordonnance, et qu'une
question qui a divisé les cours du royaume, peut être décidée
sans le secours du pouvoir législatif.
                (Rognure du *Courrier français.*)

 — Nous avons rapporté dans le *Courrier français* du
27 septembre, l'ordonnance insérée au numéro 185 du Bul-
letin des Lois, laquelle statue que la peine de la contravention à l'article 11 de la loi du 21 octobre 1814, en ce qui
concerne le commerce de la librairie, est celle de l'amende

de 5oo fr., portée en l'article 5 du titre 11 du réglement de 1723.

Nous n'avons fait sur cette ordonnance aucun raisonnement, et nous n'en voulons pas faire non plus aujourd'hui. Nous voudrions seulement noter quelques faits propres, selon nous, à éclaircir la question.

C'est un fait que le réglement du 28 février 1723 attachait une pénalité à la contravention relative au commerce de la librairie.

C'est un fait que la loi du 21 octobre 1814 n'a attaché aucune.pénalité à cette contravention.

C'est un fait que le considérant de l'ordonnance conclut de ce rapprochement que la pénalité du réglement est impli citement maintenue dans la loi.

Mais c'est un fait que toute disposition pénale doit être ex-plicitement exprimée dans la loi.

C'est un fait qu'une disposition qui ne se trouve pas dans une loi, qui est déclarée ne pas s'y trouver, même implici-tement, par plusieurs cours et tribunaux, ne peut y être rétablie que par voie d'interprétation.

C'est encore un fait incontestable qu'une déclaration portant qu'une disposition omise dans une loi existait dans l'intention du législateur, est une interprétation *législative*.

Enfin, c'est un fait que, le 17 septembre 1823, le conseil-d'état délibérant sur la matière de l'interprétation, a solen-nellement reconnu ne pouvoir donner « qu'une interprétation « judiciaire qui n'a ni le caractère ni les effets d'une inter- « prétation législative, que l'intervention de l'autorité légis- « lative pourrait seule lui attribuer. »

Une circonstance qu'il ne faut pas oublier, c'est que sur une pétition adressée sur un pareil sujet, dans le mois de février de l'année courante, à la chambre des pairs, par le libraire Théry, cette chambre a reconnu que la matière était assez grave pour ordonner le renvoi au garde-des-sceaux et le dépôt au bureau des renseignemens.

Voilà des faits clairs, patens, dont aucune argumentation ne vient embrouiller l'expression, et qu'il n'y aurait pas de bonne foi à vouloir étouffer.

Autre fait. — Aujourd'hui nous voyons par un arrêt de la cour royale, que cette cour a reconnu sa compétence en matière électorale, qu'elle a décidé une question, en opposition avec la décision administrative, et nous savons que plusieurs autres questions sur la même matière ont été décidées par d'autres cours, et doivent encore être soumises à la cour d'Angers. Cependant nous voyons dans la *Gazette de France* « qu'elle croit savoir que l'administration a élevé le conflit « sur cette matière, et que le conseil-d'état jugera. »

Nous ne ferons sur ce point aucune observation; nous demanderons seulement la permission de poser une question :

Toute discussion électorale n'est-elle pas une difficulté entre le droit politique des citoyens et les prétentions de l'administration ?

Le conseil-d'état ne fait-il pas partie de l'administration ?

N'y a-t-il donc pas plus de convenance et de justice à remettre la décision du débat à l'impartialité des tribunaux qu'à celle d'une des parties, et de la partie la plus forte ?

(*Ibid.*)

Cette ordonnance est contre-signée par le ministre de la justice.

Le cas prévu par le législateur qui avait institué en France une cour de cassation, était arrivé; c'est-à-dire que nonobstant deux arrêts conformes à la cour régulatrice, rendus une première fois en audience ordinaire, une seconde fois en audience solennelle de toutes les sections réunies, une cour souveraine avait, pour la troisième fois, prononcé en opposition à la décision de la cour de cassation.

Qu'avait statué le législateur pour ce cas spéciale? Il avait décidé que si ce cas se présentait, ce serait une preuve qu'il y avait contradiction dans la loi, et qu'alors il faudrait nécessairement recourir au législateur pour en fixer le sens.

Cette législation sage et conforme aux plus saines notions du droit, déplut au chef du gouvernement impérial; il ne la fit pas rapporter textuellement et formellement; mais agissant comme si le législateur n'avait pas déjà prévu ce cas, il obtint de son corps législatif, constitutionnellement muet, un décret dont l'article 2 porte : « *Cette interprétation est donnée dans la forme des réglemens d'administration publique.* »

Ainsi l'explication de la loi, qui dans tous les temps, qui

chez toutes les nations, a été dévolue au législateur lui-même, lui fut enlevée, le 16 septembre 1807, par le chef du précédent gouvernement. et fut assimilée à un simple *objet d'administration*. Et c'est en exécution de cet acte que M. le garde-des sceaux déclare aujourd'hui que le réglement de 1723, aboli par la loi du 17 mars 1791, sanctionnée par le roi Louis XVI, est dans toute sa vigueur ! Nous ne partageons pas l'opinion de M. le garde-des-sceaux, et nous en appelons à celle du ministre de la justice, qui, reconnaissant franchement qu'il y avait eu oubli dans la loi du 21 octobre 1814, avait dans son projet de loi sur la presse rédigé un article tout exprès pour suppléer à cet oubli.

D'après la véritable acception des mots et les actes législatifs, il n'y a pas lieu ici à interprétation de l'un de ces actes. mais il y a lieu à réparer une omission faite dans l'un de ces actes. Tel est l'aspect sous lequel cette question devait être envisagée. Alors disparaissait, dans cette espèce, le décret extraordinaire du 16 septembre 1807; et comme il est incontestable qu'il n'y a que le législateur qui puisse créer une disposition pénale pour réprimer une contravention, c'est donc au Roi et aux chambres que le garde-des-sceaux devait s'adresser, et non au conseil d'état dont il est le président.

En droit, l'ordonnance de 1723, qui frappe les libraires d'une amende de 500 francs, s'ils ne font pas la déclaration à laquelle elle les soumet, n'existe pas plus que l'ordonnance de Henri II, qui punissait de mort une servante enceinte qui ne faisait pas la déclaration de sa grossesse.

(Rognure du *Constitutionnel*.)

. La tacite protestation contenue dans la citation qui suit a même été proscrite. Voilà comment le ministère entend l'article de la charte qui permet aux citoyens de contrôler ses actes.

— L'article 21 de la loi du 27 novembre 1790, sanctionnée par le Roi et publiée par son ordre le 1er décembre suivant, pour la formation d'un tribunal de cassation, est conçu en ces termes : « Lorsque le jugement aura été cassé deux « fois, et qu'un troisième tribunal aura jugé en dernier ressort « de la même manière que les deux premiers, la question ne

« pourra plus être agitée au tribunal de cassation, QU'ELLE
« N'AIT ÉTÉ SOUMISE AU CORPS LÉGISLATIF, qui, en ce cas,
« portera un décret déclaratoire de la loi; ET LORSQUE CE DÉ-
« CRET AURA ÉTÉ SANCTIONNÉ PAR LE ROI, le tribunal de
« cassation s'y conformera dans son jugement." »

(Rognure du *Constitutionnel.*)

CONFLITS.

Les conflits se multiplient d'une façon effrayante.
Ce n'est pas moi qui contesterai la probité du conseil
d'état, son amour et son respect des lois, par dessus
tout sa justice indépendante dans une situation qui
ne l'est pas. Les adversaires mêmes de cet honorable
corps ne sauraient nier que, tribunal d'équité, il ne
porte le sentiment et le besoin de l'équité dans tous
ses actes. Mais enfin sa juridiction est exceptionnelle ;
elle n'offre point de garantie à l'imagination préve-
nue des citoyens, et je ne sache rien de plus pénible
que le spectacle de cours royales, de tribunaux souverains, dessaisis par le contre-seing d'un membre du
cabinet. C'est à croire que le régime du bon plaisir
et tous ses abus revivent.

— On pourra regarder aussi comme fort importante la
nouvelle donnée par la *Gazette de France* sur le conflit élevé
par le gouvernement relativement aux questions électorales
soumises aux cours royales. On a d'autant plus lieu de s'en
étonner, que la loi a réglé les juridictions : elle a décidé que
lorsqu'il s'agissait de domicile civil, d'année des possession,
de naturalité, de jouissance de droits civils, c'était aux cours
royales à prononcer. Lorsqu'il s'agit de domicile politique,
de la nature des contributions, de la quotité du cens, la décision appartient au conseil-d'état.

Les cours royales auxquelles des électeurs ont recouru
dans les limites de leur juridiction, se sont déclarées bien
saisies. Récemment la cour royale de Limoges a rendu un

arrêt mémorable dont le ministère lui-même a reconnu la sagesse, puisqu'il ne l'a point attaqué devant la cour de cassation. Les questions dont quelques électeurs de Nantes poursuivaient la solution devant la cour royale de Rennes, rentraient dans les limites que la loi a fixées à la juridiction des cours royales. Si maintenant, par la voie du conflit, on saisit le conseil d'état du jugement de ces affaires, il en résultera que le conseil d'état prononcera sur toutes les questions électorales indirectement, et que ces questions seront entièrement soustraites à la connaissance des cours royales. Est-ce là le vœu de la loi? (Rognure du *Courrier français*.)

AFFAIRES ÉLECTORALES.

La censure n'a pas permis la publication de deux faits, de deux pétitions d'une haute importance.

Un grand nombre des électeurs de Rouen a adressé la pétition suivante à M. le préfet de la Seine-Inférieure :

« Monsieur le préfet,

« Les soussignés, inscrits sur les listes du jury, ont l'honneur de s'adresser à vous, afin d'obtenir l'inscription sur ces mêmes listes des dénommés dans l'état annexé à la présente, lesquels sont certainement aptes à y être portés, d'après leur âge et leur fortune, et parce qu'aucune incapacité légale n'existe en leurs personnes.

« Les soussignés pensent avoir le droit de vous transmettre ces renseignemens, et de requérir l'inscription d'office de ces individus, si, d'après les recherches qu'il vous est si aisé de faire sur les matrices des rôles, leur capacité vous est démontrée. En effet, si les listes dressées sont les listes du jury en même temps que les listes électorales; si le droit électoral est facultatif, il n'en est pas de même des fonctions de juré ; celles-ci sont strictement obligatoires, et les lois punissent sévèrement tout juré qui, étant désigné, ne se rend pas à son poste. La fonction de juré est donc une charge publique, et il n'est pas permis aux préfets d'omettre sur la liste générale aucun des citoyens appelés par les lois; car les charges publiques doivent être également supportées par tous (articles 1er et 2e de la charte), et toute exemption accordée

à un ou plusieurs individus devient une aggravation de charge
pour les autres.

« Tout citoyen porté sur la liste a donc intérêt et par conséquent qualité pour signaler à l'administration ceux qui. ten-
teraient de se soustraire à l'accomplissement de la charge
du jury. De même que si quelques jeunes gens n'avaient pas
été portés sur la liste de recrutement , de même que si quelques contribuables avaient été rayés des matrices de rôles ,
tout père de famille, tout citoyen pourrait réclamer contre
des priviléges dont l'existence au profit de quelques-uns ,
serait une injustice pour tous. D'une autre part, le vœu de la
loi, qui n'a fait désormais de la liste électorale qu'une simple
annexe de la liste du jury, est que ces états de dénombre-
ment soient dressés d'office. C'est en effet le devoir imposé
aux préfets. Les justifications demandées aux citoyens ne sont
donc que subsidiaires. En première ligne est le devoir de
l'administration de rechercher et d'inscrire de son chef ceux
qui sont aptes à figurer sur les listes. C'est ce que vous aviez
vous-même reconnu , M. le préfet , en annonçant, dans votre
arrêté du 2 juillet dernier, pris pour l'exécution de la loi du
2 mai , que vous inscririez tous ceux dont *les droits vous seraient démontrés.*

« Le bruit court d'ailleurs que par une circulaire particulière adressée aux sous-préfets de ce département, en indi-
quant la possibilité d'élections générales *pour cette année*,
vous avez recommandé à ces fonctionnaires d'inscrire d'office tous les électeurs sur lesquels l'administration croit pouvoir compter.

« Cette circulaire , si elle existe , se fonde sur un principe
juste. Elle ne serait abusive qu'autant que (ce que nous ne
pouvons croire) elle restreindrait exclusivement dans une
certaine classe de personnes le bénéfice de ces inscriptions
d'office.

« Nous demandons , d'après la loi du 2 mai et votre arrêté
publié, l'inscription générale et sans réserve de tous les
ayant-droit.

« Par application nécessaire des mêmes principes, nous
déclarons nous opposer , autant qu'il est en nous , aux éliminations des listes provisoires que, sur la liste définitive du
20 septembre, l'administration croirait devoir faire , *à défaut de justification de la part des inscrits.*

« Ces éliminations étaient légales sous l'empire des anciennes lois, qui n'exigeaient l'inscription qu'en considération du droit électoral qui est facultatif; elles seraient contraires à la loi du 2 mai, qui met en première ligne la charge absolue de juré. L'administration, devant comprendre d'office dans les listes tous ceux qui ont, à sa connaissance, les capacités légales, ne doit rayer les inscriptions du 15 août qu'autant qu'il lui serait démontré que les inscrits de cette époque n'ont réellement aucun droit à l'inscription; car ce droit existe désormais indépendamment de la volonté des individus aptes à être inscrits, et doit être surtout recherché et constaté par l'administration.

« Nous sommes avec le légitime espoir de voir accueillir par vous des réclamations essentiellement légales. »

(*Suivent les signatures.*)

— On nous écrit de Grenoble :

« Des électeurs réunis en assez grand nombre viennent de présenter au préfet une pétition pour qu'il fasse inscrire sur la liste tous les citoyens qui sont notoirement connus pour réunir les conditions de capacité requises pour le jury.

« Par le dépôt de cette pétition, la déchéance prononcée par la loi du 2 mai, faute de demandes directes de la part des électeurs, va se trouver écartée.

« Le droit des électeurs à réclamer l'inscription d'autrui est fondé sur ces deux raisonnemens :

« 1° Plus il y aura d'électeurs et plus il y aura de jurés, moins le fardeau du jury sera lourd.

« 2° Si être juré est un droit précieux et non un fardeau, le droit d'être électeur du département n'est pas moins précieux.

« Or, plus il y aura d'électeurs inscrits sur la liste d'arrondissement, plus la quote formant la liste départementale sera nombreuse, plus faible sera le cens exigé pour faire partie du collège départemental.

« Cette question est soumise au conseil de préfecture de l'Isère: si l'action publique déjà admise pour l'élimination des faux électeurs, était déniée aux citoyens pour l'inscription d'office de ceux qui doivent l'être, il y aura recours au conseil d'état. »

(Fragment du *Courrier français.*)

Ces deux pétitions méritent une attention particulière : nous devons y remarquer d'abord un frappant témoignage des progrès de l'esprit public. Ce n'est pas assez de remplir nos obligations envers le pays et envers la loi; il faut contraindre nos concitoyens à faire comme nous. Les forcer de remplir leurs devoirs , c'est le premier de nos droits.

La pétition de Grenoble fait valoir un argument décisif en faveur de cette démarche des citoyens; c'est que du nombre des électeurs dépend l'admission aux grands colléges. L'inscription de tous est donc dans le droit de chacun.

Cependant une grave erreur doit être signalée. Les réclamans semblent préoccupés de la pensée que leur droit à réclamer l'inscription d'office sur les listes électorales, est moins grand qu'en ce qui touche les listes du jury; ils se trompent. C'est surtout en matière électorale que l'inscription d'office est d'obligation stricte pour les préfets. J'ai fait voir dans deux brochures précédentes (1) que cette obligation est dans la lettre comme dans l'esprit de la loi; que d'après les procès-verbaux de la chambre des pairs M. de Villèle s'est engagé à poursuivre les administrateurs qui manqueraient à ce devoir. Ainsi tous ceux qui ont déclaré qu'ils rayeraient les citoyens dont les pièces ne leur ont pas été produites, s'exposent à encourir la responsabilité légale, s'il résultait des documens fournis par les administrations locales que ces citoyens remplissent les conditions de l'électorat. Et comme les préfets de la Seine-Inférieure et

(1) Première et seconde Lettres à un Provincial.

de l'Isère ne pourraient prétexter cause d'ignorance s'ils se refusaient à inscrire les électeurs réfractaires que leurs concitoyens signalent à l'attention des magistrats, ces préfets, en se refusant à l'inscription d'office, s'exposeraient à toutes les vindictes de la loi. Suivant toute apparence, ils ne voudront pas s'exposer à ces hasards sous des chefs toujours prêts à livrer aux sévices de l'opinion ce qui est au-dessous ou au-dessus d'eux. Ces chefs passent, d'ailleurs; et la justice, les lois, l'animadversion publique ne passent point.

M. Duvergier de Hauranne avait posé ces principes dans votre journal, monsieur; il les a développés par une note contenue dans un de mes écrits. Son fils me fait l'honneur de m'écrire aussi une lettre qui a deux parties distinctes, toutes deux dignes de l'intérêt public. L'une renferme une proposition sur laquelle j'appellerai particulièrement l'attention des lecteurs. L'autre contient l'éloge de l'un de nos administrateurs. C'est une vive satisfaction pour moi de le transcrire. On reconnaît là l'impartialité des oppositions. Puisse M. le garde-des-sceaux, en lisant l'hommage rendu à son gendre, M. le marquis d'Allon, préfet du Cher, regretter le contre-seing qu'il a prêté à l'ordonnance fulminée contre la presse, pour l'empêcher de faire justice envers et contre tous!

Lettre de M. Prosper Duvergier de Hauranne.

Henry (Cher), 23 septembre 1827.

Monsieur,

Ce qui doit surtout distinguer la France libérale de la France ministérielle et jésuitique, c'est la justice. Quand un fonctionnaire public fait mal, que rien ne nous empêche de

le flétrir aux yeux de ses concitoyens. S'il fait bien , sachons
aussi le dire, ne fût ce que pour prouver qu'il est d'honnêtes
gens partout. Aidez-moi donc à rendre hommage à l'honorable conduite de M. le préfet du Cher dans la formation
des listes électorales. Chargé avec le comte Jaubert, mon
beau-frère , de porter à Bourges les pièces de plusieurs électeurs , nous nous sommes présentés hier à la préfecture , où
nous n'avons trouvé que politesse et loyauté. Point de chi-
cane, point d'hésitation. On nous a même donné le récé-
pissé que nous désirions , et quelques mots d'explication ont
promptement aplani tous les doutes et toutes les difficultés.
Ne croyez pas que nous ayons été privilégiés. Nous avons vu
à Bourges les membres du bureau consultatif. Tous nous ont
affirmé que l'administration avait agi avec mesure et bonne
foi. M. le préfet du Cher croyait pourtant lorsqu'il a publié
la liste du 15 août, que, sans arrête motivé et sans appel sus-
pensif, il pouvait rayer les électeurs qui au 1er octobre n'auraient pas justifié de leur droit. Mais comme il a permis que
cette opinion fût combattue dans le journal censuré du Cher,
il est probable qu'éclairé par la discussion , il renoncera à
une prétention aussi illégale. Quoi qu'il en soit , le bureau
consultatif est bien décidé , s'il y a lieu , à faire juger la question.

Grâce au zèle d'une foule de bons citoyens , entre autres
de MM. Mayet-Genetry , Mater , Bidault , Fhiot Varennes ,
Meunier fils , etc. , nous devons espérer que la liste définitive sera à peu près complète. Il est pourtant des apathies
dont on n'a pu triompher, et la fièvre qui , dans ce moment,
désole nos campagnes , semble avoir pris parti pour le ministère. S'il y a des lacunes dans nos rangs , c'est surtout à la
fièvre que M. de Villèle les devra. Qu'il rende grâce à cette
nouvelle alliée; elle est digne de combattre sous lui. Cependant les amis de leur pays se sont vus et entendus Mais il
ne suffit pas de s'entendre une fois. Les listes sont maintenant permanentes; chaque année elles seront publiées de
nouveau, et dans l'intervalle ceux qui acquerront ou per-
dront la capacité électorale devront être inscrits ou rayés. Il
serait d'une haute importance que dans chaque département
une société électorale , permanente aussi, s'occupât de ces
listes avec persévérance. Sans compter les apathiques, il
est, nous en avons eu la preuve, plus d'un électeur qui

ignore son droit. Beaucoup ne savent pas qu'à la contribution personnelle et foncière peuvent se joindre les patentes et les portes et fenêtres. L'idée d'une délégation de leur mère ou belle-mère ne leur est jamais venue. En compulsant avec soin les matrices des rôles, l'incognito de tous ces électeurs serait bientôt découvert, et une fois signalés au préfet par d'autres électeurs-jurés, il faudrait qu'ils prissent leur rang. Car, on ne peut trop le répéter, si voter aux élections est un droit, s'asseoir sur le banc des jurés est un devoir, et comme l'indique assez leur titre, ce sont les listes de jury que l'on rédige aujourd'hui. Protester contre toute inscription, contre toute radiation illégale; s'assurer dans tous les cantons d'un correspondant zélé; guetter la naissance et le décès politique de chaque électeur; distribuer ou même faire imprimer des écrits; donner l'éveil aux ignorans, presser les retardataires par discours, par lettres, par exprès; quand viennent les élections, convoquer des assemblées préparatoires pour s'entendre et se compter; surveiller les opérations du scrutin et s'opposer à toute fraude; examiner et résoudre les difficultés qui pourraient se présenter; enfin, sans aigreur ni passion, mais avec constance et fermeté, tenir sans cesse l'administration en échec, et par une forte organisation lutter quelquefois contre elle avec avantage, tels pourraient être les services de la société électorale. Pour prospectus il serait bon de faire imprimer dans le mois d'octobre des listes divisées en trois parties. La première contiendrait les noms des électeurs reconnus par la préfecture, la seconde les noms des électeurs rayés, en n'oubliant pas de dire par quel motif; la troisième les noms des électeurs présumés et de tous les citoyens qui approchent du cens. Quelques pages blanches jointes à cette troisième partie permettraient aux correspondans d'ajouter leurs observations. Enfin une petite instruction aux électeurs terminerait cet almanach électoral. Ne croyez vous pas qu'il vaudrait bien *Mathieu Laensberg* ou l'*Almanach des Muses?*

Je comptais, monsieur, envoyer ces réflexions à un journal; mais la censure respecterait l'éloge de M. le préfet du Cher et supprimerait tout le reste; encore n'est-il pas sûr que cet éloge ne lui parût pas d'un fort mauvais exemple. Vous pouvez donc considérer d'avance ma lettre comme rognure, et l'insérer, si vous le jugez convenable, dans l'une

3.

de vos utiles correspondances. Voyez comme le ministère
réussit bien dans ses projets. Il prétend étouffer la liberté
de la presse, et des milliers d'écrits vont éclairer nos provinces; diviser les partis, et les partis se réunissent contre
lui; frapper de mort l'esprit public, et l'esprit public si long-
temps assoupi se réveille ; fonder le despotisme administra-
tif, et jamais ce despotisme n'a paru plus pesant; isoler les
citoyens, et de toutes parts se forment des associations me-
naçantes pour l'absolutisme et la bureaucratie. Montesquieu
prétend que Sylla voulait ramener les Romains à la liberté
par la tyrannie. Je suis quelquefois tenté d'attribuer la même
pensée à M. de Villèle. Il a senti que notre libéralisme était
souvent faux, nos mœurs molles, nos opinions incertaines,
et, aux dépens même de sa renommée, il veut corriger tout
cela. C'est un noble dévouement : espérons qu'il aura son
prix ; mais il faut aussi finir comme Sylla. Le Forum attend
la scène d'abdication.

Agréez, monsieur, etc.

PROSPER DUVERGIER DE HAURANNE.

Je regarde comme d'un intérêt national, monsieur, l'application de l'idée que M. Prosper Duvergier de Hauranne développe. Imprimer un annuaire
électoral est chose de la plus grande utilité, pour
fixer les droits des citoyens inscrits, obtenir gain de
cause à ceux qui sont en instance, châtier les récal-
citrans par le mépris public, et contraindre l'autorité
à les porter d'office sur les listes de l'année suivante.
Mais ces annuaires ne pourront être d'une utilité pratique, ils ne seront d'une exécution facile, que si on
les borne aux départemens, peut-être même aux seuls
arrondissemens pour éviter des frais. Les diverses
localités seront juges des besoins; mais ce qui im-
porte, c'est de propager et d'affermir cette inno-
vation.

Les comités électoraux existans aujourd'hui feront
bien de se considérer comme permanens. Leur dé-

vouement pourra être toujours utile, et les annuaires devront donner leurs noms, moins pour les recommander à la reconnaissance de leurs concitoyens, que pour indiquer en quelque façon les portes auxquelles chacun devra frapper quand il y aura des réclamations à faire valoir près de l'autorité.

Il est encore temps. Sous ce simple titre paraît une brochure de huit pages qui discute avec une grande force de raison plusieurs questions électorales, notamment celle des récépissés et des pleins pouvoirs. Je ne peux mieux faire que de la recommander à mes lecteurs.

_____

AFFAIRES COMMERCIALES.

Nous avons vu la censure attentive à supprimer tous les cris de détresse que le commerce a fait entendre au Roi.

Non content d'empêcher la presse de constater l'état du commerce et de l'industrie, le ministère ne veut point que les Français puissent en rechercher les causes. La suppression de ces quatre lignes est curieuse.

— S'il est vrai, comme l'avoue la *Gazette de Lyon*, que l'état languissant de certaines branches de la production française tienne à la diminution de l'exportation, les causes de cette diminution sont toutes différentes de celles que signale cette feuille. Les exposer ici serait trop long.

(Rognures du *Constitutionnel.*)

— La parchemimerie ne brille pas plus que les peaux d'oie; c'est une industrie tuée par la Charte.

(Rognures du *Journal du Commerce.*)

— Au reste , si le succès est douteux, l'intention est excellente : témoin ce nouveau fusil *destiné à MM. les gardes du corps,* qui se charge en 4 temps au lieu de 12 , sans baguette, sans déchirer la cartouche (cela ne gâte pas les dents), et *pouvant faire feu dans la nuit la plus obscure.*

Grand Dieu! rends nous le jour et combats contre nous !

(Ibid.)

— Un seul fabricant a représenté la fabrique de Thiers ! Ah! si.... Mais nous dirons cela quelque jour. (*Ibid.*)

ANNONCES.

La guerre de la magistrature et du ministère s'explique trop bien par tout ce qui se passe. Les tribunaux ne sauraient voir sans surprise que des livres qui ne leur sont pas déférés soient condamnés à l'oubli.

Exemples :

MANUEL DE MORALE. MM. Malher et compagnie viennent de publier un *Manuel de morale,* ou l'homme considéré d'après ses sensations, suivi de quelques vues sur le *Contrat social* et de conseils sur les études, par M. Léocade Delpierre. L'auteur soutient un système qui a du rapport avec celui d'Helvétius, mais avec des conséquences différentes ; car il est toujours aussi encourageant pour la vertu que ce dernier lui est contraire. D'après M. Delpierre, il n'est point de connaissances chez l'homme qui ne soient le résultat de ses sensations. Nous avons très-particulièrement remarqué dans son livre le chapitre qui traite de l'éducation , et nous le recommandons à tous ceux qui s'occupent de ce qui peut contribuer au bien-être de l'humanité et à la perfection des lois politiques.

L'auteur nous raconte, avec une noble ingénuité, comment de simple paysan, bûcheron , garçon de ferme, il s'est instruit lui-même après 22 ans, à force de travail, sans le secours d'aucun maître, et ses écrits prouvent qu'il a un mérite assez rare pour faire honneur aux sciences.

(Rognure du *Journal du Commerce.*)

—CONSIDÉRATIONS POLITIQUES DE M. AUBERNON. La troisième édition d'un ouvrage dont nous avons rendu compte au commencement de l'année, intitulé *Considérations historiques et politiques sur la Russie, l'Autriche, la Prusse et l'Angleterre, dans leurs rapports avec la France*, par M. Aubernon, ex-préfet, vient de paraître chez Ponthieu et compagnie, libraires au Palais-Royal ; 1 vol. de 200 pages.

(Rognure du *Courrier français*.)

— VOLTAIRE. Les *Œuvres complètes de Voltaire*, en un seul vol. in-8°, publiées en 80 livraisons environ, s'écoulent rapidement. Les livraisons se succèdent à peu de distance les unes des autres ; la 58ᵉ vient de paraître. Nous avons déjà parlé plusieurs fois de cette édition admirable. Il est juste, maintenant qu'elle avance, d'y revenir dans les mêmes termes, de faire remarquer même que l'exécution des parties faites récemment est peut-être supérieure à celle des précédentes. Nous trouvons dans les nouvelles livraisons un soin égal dans l'exécution, la même pureté d'empreinte dans l'application des types si exigus, et cependant nets, distincts et d'une forme élégante. Leur habile distribution permet à l'œil de les suivre sans fatigue. La correction est l'objet des soins les plus essentiels. Cette édition est le chef-d'œuvre de M. Didot. Nul ouvrage n'est plus digne d'entrer immédiatement dans les bibliothèques importantes, d'y tenir une place élevée. Il s'offre aussi comme un livre facile à porter en voyage. Prix 2 francs la livraison. On souscrit toujours chez Jules Didot aîné, rue du Pont-de-Lodi ; Dufour et compagnie, rue du Paon, nº 1, et Baudouin frères, rue de Vaugirard, nº 17.   (*Ibid.*)

— NAPOLÉON. M. Ancelin, libraire pour l'art militaire, rue Dauphine nº 9, vient de mettre en vente les deux ouvrages suivans : *Vie politique et militaire de Napoléon*, racontée par lui même au tribunal de César, d'Alexandre et de Frédéric, 4 vol. 8°, prix 30 fr. *Maximes de guerre de Napoléon*, 1 vol. in-32, prix 1 fr. 25 c.   (*Ibid.*)

— Le libraire Ambroise Dupont, rue Vivienne, nº 16, vient de mettre en vente la première livraison de l'*Histoire de Napoléon*, par M. de Norvins. Cet ouvrage, qui formera 4 vol. in-8°., est, sous le rapport typographique, de la plus parfaite exécution. Il est orné de portraits, vignettes, cartes et plans, et paraîtra par livraisons qui seront publiées tous les dix jours. Chaque livraison est du prix de 2 fr. 50 c.

(*Ibid.*)

La censure a déclaré qu'elle ne laisserait pas rendre compte de ce dernier ouvrage. Quand on lui demande raison de ses motifs, elle répond qu'elle est fatiguée d'entendre parler de cet homme. Les lauriers d'Austerlitz empêchent M. Pain et M. Lourdoueix, et M. Deliège et M. Berchoux de dormir. En conséquence, ils ont résolu de destituer Napoléon de sa place dans l'histoire. De par ces messieurs, il est fait savoir à la France qu'elle est tenue de croire que le vainqueur des Pyramides et de la Moscowa n'a point vécu. Du moins l'ouvrage de sir Walter Scott pourra seul être annoncé, apparemment parce que le célèbre écrivain est tory, étranger, et injurieux pour la France.

PROCÈS MANUEL. Nous n'avons pas besoin d'ajouter que les plaidoiries prononcées dans l'affaire de MM. Mignet et Sautelet, plaidoiries qui ont devancé l'arrêt mémorable, sujet de cette lettre, seront publiées très-prochainement : le public les attend avec impatience ; on s'attend aussi que la censure empêchera de les annoncer. C'est ainsi qu'elle se venge de la justice, en étouffant toutes les voix qui retentissent dans son sanctuaire.

FAITS DIVERS.

Les plus légitimes réclamations des citoyens sont étouffées. Les faits qui suivent méritent toute l'attention publique.

CONSIGNES MILITAIRES DE GRENOBLE. — On écrit de Grenoble, 19 septembre : « Les habitans de cette ville ont lu avec une extrême surprise l'avis de la

mairie qui leur donne connaissance des ordres du lieutenant-
général, et leur apprend que les factionnaires ont leurs
fusils chargés, et peuvent tirer sur ceux qui les approche-
ront pendant la nuit. (*Voy.* notre numéro du 13.)

« Nous en sommes à nous demander d'où naissent les
alarmes des autorités civiles et militaires. Jamais l'on n'eut
moins besoin de précautions pour éviter des rixes entre les
bourgeois et les soldats ; ils s'aiment et s'estiment récipro-
quement ; rien ne peut altérer la fraternité qui règne entre
eux ; les soldats sont des citoyens, et les citoyens sont aussi
des soldats. Nous n'avons pas oublié que les braves militaires
du 5ᵉ et du 62ᵉ régiment viennent de contribuer à un acte
d'humanité et de générosité en faveur des victimes de Gon-
celin. Nous ne concevons pas comment on a pu se méprendre
ainsi sur nos véritables sentimens envers une garnison qui
mérite notre reconnaissance et possède notre affection. Quelles
sont les raisons qui ont motivé l'avis de la mairie ? L'ordre
et la paix ne sont point trou-blés. Point de méfiances, point
de haines. Une fête patronale, à demi-lieue de Grenoble,
l'a vu rassembler trente mille personnes de la ville et de la
la campagne qui se sont livrées tranquillement aux plaisirs
de la danse et des festins.

« Cependant l'affiche du 3 septembre porte que des
insultes, des provocations, des voies de fait, ont eu lieu à diverses reprises vis-à-vis des factionnaires, de la part de gens
mal intentionnés ou ivres, que plusieurs ont été saisis et li-
vrés à la justice. La mairie ajoute qu'elle espère que les
gens paisibles déféreront à ses invitations. Un tel discours ne
semble-t-il pas faire croire qu'il s'est élevé quelques dissen-
sions funestes dans notre cité, et que les citoyens paisibles
ont pris part à ces troubles, puisqu'on les exhorte à la
paix ? Qui n'aurait pas cette opinion, lorsque M. le lieutenant-général augmente les postes, double, multiplie les
patrouilles, fait charger les armes, et prend des mesures de
sûreté, comme s'il était au milieu d'un pays ennemi ?

« Tous ces ordres, qui seraient dans le cas de semer l'effroi
s'ils étaient pris à la lettre, ne nous ont point inspiré d'effroi,
et n'ont excité que notre sourire, car rien ne les justifie.

« Quels sont ces grands coupables dont la police s'est em-
parée, et que l'on veut faire punir sévèrement ? De jeunes
étourdis échauffés par le vin, et qui ne voulaient pas se láis-

ser prendre par la garde. Quatre de ces prévenus ont été
jugés par le tribunal de police correctionnelle de Grenoble.
L'un d'eux a été acquitté ; le second a été condamné à un
mois d'emprisonnement pour avoir frappé un garçon cor-
donnier ; deux seulement ont été condamnés à une amende
de 16 francs , à cause de leurs propos injurieux envers la
garde. Trois autres , accusés de faits pareils , attendent leur
jugement.

« Que prouve tout cela ? qu'il y a par intervalles , dans
Grenoble comme dans les autres villes , des rixes occasio-
nées par le vin et par les femmes. L'adjoint de la mairie dé-
passe les limites de sa compétence , lorsqu'il annonce que les
personnes saisies seront sévèrement punies. Il n'appartient
pas à la police administrative de s'immiscer dans les fonctions judiciaires. Les tribunaux ne sont ni sévères ni indul-
gens ; ils sont et doivent être justes , et ils n'ont de conseils
à prendre que de leurs lumières et de leur conscience.

« L'adjoint , défenseur né de ses administrés, au lieu d'é-
couter les accusations dirigées contre eux , devait les défendre auprès de M. le lieutenant-général , et lui montrer
combien étaient peu motivés le doublement des postes, des
patrouilles, la charge des armes, la défense de passer près
des factionnaires. Nous sommes persuadés que M. le maire
ne se serait point ainsi laissé aller aux insinuations erronées
de l'autorité militaire. Peut-être même trouvera-t-il fort
mauvais qu'on le fasse parler dans un avis qui n'est pas son
ouvrage et ne porte pas sa signature.

« Nous ignorons par quels moyens on a pu tromper M. le
lieutenant-général , et lui inspirer des craintes au point de
lui faire prendre des mesures générales. Cependant nous
le voyons assez souvent parcourir de nuit les rues de la ville
en habit bourgeois, et nous ne sachons pas que personne
se soit jamais permis de lui adresser la moindre insulte. Il a
trouvé partout le respect dû à son mérite et à son rang. Nous
espérons qu'il lèvera bientôt un ordre qui contraste trop avec
l'esprit de tranquillité de notre ville. Ces précautions d'ailleurs
ont aussi leurs dangers. Il y a deux ans qu'un étranger , arrivé dans Grenoble pour des affaires de commerce, sortit de
grand matin, préoccupé et ne faisant pas attention à la sen-
tinelle qui lui criait, *qui vive ?* Il reçut une balle qui lui
cassa le bras.   (Rognure du *Journal des Débats.*)

— La *Gazette des Tribunaux* qui parut dimanche, et le
Journal des Débats de lundi, contenaient un arrêt de rejet,
rendu par la cour de cassation dans son audience de ven-
dredi dernier. Ces deux journaux avaient certainement reçu
le visa du bureau de censure; or, la décision rendue par la
cour suprême déclarait mal fondé un pourvoi contre un arrêt de la cour d'assises de Versailles, qui avait condamné
aux travaux forcés à perpétuité un nommé Molitors, qui avait
abusé de son caractère de ministre du culte catholique pour
faire outrage à la pudeur. Jamais la censure n'a voulu souffrir que *le Constitutionnel* parlât de l'arrêt rendu par la
cour criminelle du département de Seine et-Oise, et hier
elle nous a interdit de faire mention de l'arrêt de la cour de
cassation qui l'a confirmé, car elle nous a supprimé l'article
suivant :

(Rognures du *Constitutionnel*.)

CENTENAIRE PRÉSENTÉE. M. Sarran, dans sa correspondance qui est un des utiles contre-poids de la
censure, a publié de nouveaux renseignemens sur
l'une des mystifications que la censure a prises sous
son égide. Voici des détails interdits au *Journal des
Voyageurs*.

Les journaux de Lyon se sont occupés dernièrement de la
veuve Durieux, cette femme âgée de 114 ans, qui est alègre,
ingambe comme une jeune personne de 60 ans. Nos lecteurs
doivent se souvenir que nous les entretînmes de cette femme,
il y a environ trois mois, à la suite d'une représentation à
laquelle avait assisté la centenaire, au grand théâtre de Lyon.
Une lettre nous était parvenue où l'on nous donnait quelques détails assez curieux sur son origine, sa fortune et son
âge.

« Je ne me charge point d'expliquer, disait notre correspondant, comment la veuve Durieux a pu se procurer des
documens qui constatent qu'elle a 113 ans; mais ce que je
puis attester avec beaucoup de vieillards de la Haute-Mau-
rienne, c'est que cette femme ne doit avoir que 81 ou 82 ans.
Né en 1751, ayant été militaire dès ma jeunesse, à la fin de
1792 je fus nommé commandant de la place du Mont-Cenis,
où j'ai resté long temps; j'ai beaucoup connu la veuve Du-

rieux, qui peut avoir quelques années de plus que moi. Combien de fois ne l'ai-je pas vue remplissant les fonctions de postillon chez le sieur Joussaint, maître de poste à Lansbourg, faisant claquer son fouet avec la dextérité et la force d'un jeune homme de 25 ans; combien de fois ne l'ai-je pas vue gourmandant et soufflettant les autres postillons, qui n'étaient ni aussi vifs, ni aussi alertes qu'elle l'était encore à cette époque, où elle pouvait avoir 45 à 5o ans; j'en avais alors 4o à 45. Vous voyez donc que j'ai des termes de comparaison assez bien établis pour supputer l'âge de madame Durieux, et une excellente échelle de réduction. »

Cette femme, qui a amassé beaucoup d'argent à Dijon et à Lyon, demande à chaque porte comme si elle était dans une extrême misère, se rend à la mairie de chaque arrondissement pour y puiser à la bourse des pauvres. Il ne peut être permis de dégrader ainsi la vieillesse, qui est un bienfait de la Providence; il lui sera toujours offert des maisons de refuge pour se soustraire aux rigueurs de la fortune, qui, du reste, ne l'a pas si maltraitée. En 1815, son auberge fut incendiée par les Autrichiens; le roi de Sardaigne d'alors, Victor Emmanuel, lui accorda et remit pour indemnité 6,632 fr. et quelques centimes; gratification qui n'a pu être saisie, le don d'un souverain étant à couvert, dans tout pays, de toutes poursuites et séquestre.

Elle est accompagnée d'un soi-disant neveu d'Asti, en Piémont, ci-devant gendarme, qui s'autorise à prendre le titre de *neveu Durieux*, parce qu'il aurait épousé la nièce de cette prétendue centenaire, laquelle est aussi du voyage.

(Rognure du *Journal des Voyageurs.*)

PROCÈS INTENTÉ PAR LA CENSURE.

Le *Journal du Commerce* est traduit devant les tribunaux pour la publication d'un *erratum* non approuvé par la censure. Voici l'*erratum* :

Le numéro de *l'Industriel* que nous avons annoncé hier est le cinquième et non le troisième du deuxième volume... *Risum teneatis*

AFFAIRES D'ESPAGNE.

· ⁻ POLÉMIQUE DES JOURNAUX ANGLAIS. Les troubles
de l'Espagne ont fait naître entre les journaux minis-
tériels de la Grande-Bretagne et le *Moniteur* des
hostilités amères. Les deux gouvernemens s'imputent
cette levée de boucliers de sujets fidèles, qui se révol-
tent, disent-ils, contre leur roi parce qu'il n'est point
assez despote. La censure voudrait que la France
ignorât toutes les animosités des cabinets.

— Le *Courier anglais* et le *Times*, dans les réflexions
qu'ils publient sur les troubles de la Catalogne, insinuent que
ces troubles sont favorables aux secrets desseins du gouvernement français, auquel ils fourniraient un prétexte commode
de retarder l'évacuation.

Le *Moniteur* repousse cette *odieuse accusation*. Il atteste
la loyauté bien connue du gouvernement, son horreur pour
le crime, et le nom de Bourbon.

Il demande à son tour s'il n'y aurait pas quelque avantage
pour l'Angleterre à forcer le monarque espagnol d'éloigner
des frontières portugaises son armée d'occupation.

Nous nous attendons bien à lire prochainement dans le
Courier que cette récrimination tombe d'elle-même, vu la
loyauté bien reconnue de la politique anglaise, et l'horreur du
gouvernement britannique pour le machiavélisme. S'il s'avise
d'un pareil argument, nous lui opposerons le mot d'un de nos
orateurs qui, examinant les comptes d'un ancien ministre,
paraissait douter de leur sincérité. On lui objecta la réputation d'honnête homme dont l'ancien ministre jouissait.
« Comptons d'abord, répliqua l'orateur : les bons comptes
«font les bonnes réputations.»

La neutralité qu'affecte le gouvernement français ne s'ac-
corde guère, selon le *Times*, avec le zèle qu'il montra il y a
trois ans, lorsqu'un reste des légions révolutionnaires vint
menacer l'Espagne d'une révolution nouvelle.

Mais le *Moniteur* répond en faisant remarquer la *diffé-*

rence capitale des deux situations. L'attaque des réfugiés avait tous les caractères de l'invasion. Le mouvement des rebelles de Catalogne a tous les caractères de l'émeute. L'une de ces deux choses est du domaine de la politique , et l'autre du domaine de l'administration.

· Que le *Times* se tire de là s'il peut. Qu'il reconnaisse d'a- bord qu'il y a deux sortes de rebellions, les unes politiques et les autres administratives, et qu'il prouve ensuite que la rebellion de Catalogne appartient à la première catégorie. S'il y parvient, nous le tiendrons pour habile. ˎ

Mais ce n'est point à la France, ce n'est point à l'Angle- terre, qu'il faut, selon le *Moniteur*, attribuer les événemens dont la Catalogne est le théâtre : c'est à la révolution qui a troublé, bouleversé ce pays.

En effet , de quoi la révolution n'est elle pas capable ? N'avons-nous pas vu la *Gazette de Lyon* imputer aux doc- trines révolutionnaires la détresse du commerce français?

(Rognure du *Journal du Commerce.*)

— Les *agraviados* s'avancent jusqu'aux portes de Barce- lone , mais la garnison française ne pense pas à les attaquer; au contraire, beaucoup de lettres des environs annoncent que les généraux français ont donné l'ordre à leurs subal- ternes de ne pas molester les insurgés. Il n'en était pas ainsi lorsque Valdès débarqua à Tarifa en 1824, avec une poi- gnée d'insurgés ; alors la garnison française de Cadix et l'es- cadre de la baie étaient toutes disposées à intervenir , et certes il est assez singulier de voir maintenant une rebellion légitime, et les forces auxiliaires d'une puissance voisine constitutionnelle rester spectatrices impassibles des événe- mens. Si la révolte changeait de caractère, et de despotique devenait constitutionnelle, il est incontestable qu'on dirait aux troupes françaises qu'il est de leur devoir de changer aussi, et afin de conserver la tranquillité , d'employer la vio- lence au lieu de la voir tranquillement employer par les au- tres. (*Courier.*)   (Rognure du *Constitutionnel.*)

— Ferdinand est entouré des membres du clergé, entouré de ses conseillers actuels , il ne peut rien faire. Il faut qu'il cède aux rebelles et qu'il devienne aussi absolu qu'ils le veu- lent, ce qui ne servira qu'à hâter sa ruine ; ou qu'il appelle

à son secours les hommes éclairés , et qu'il leur donne une
constitution. (*Globe and Traveller.*) (*Ibid.*)

—La plupart des insurgés sont d'anciens soldats ; beaucoup
d'autres se disposent à les joindre, et on croit que le roi
Ferdinand n'a pas un régiment sur lequel il pût compter.
(*Morning-Chronicle.*)

—Mais nous sommes portés à croire qu'il a craint, et avec
raison, que plus il enverrait de troupes contre les rebelles,
plus il augmenterait leurs forces. (*Courier.*)
(Rognures du *Constitutionnel.*)

— Les troubles doivent leur existence au machiavélisme
du ministère français. Hier encore plusieurs journaux du soir
disaient que M. Lamb n'était rappelé de Madrid que pour
donner verbalement des explications d'une si haute importance , qu'il n'était point prudent de les confier à des cour-
riers qui devaient traverser une partie de l'Espagne et la
France presque entière.
(Rognures du *Journal du Commerce.*)

— On écrit de Bayonne le 17 septembre : « Le ministre
d'Angleterre à Madrid, M. Lamb, est arrivé hier dans nos
murs. S. Exc., dans un entretien qu'elle a eu avec le con-
sul anglais sur les événemens de la péninsule, a dit qu'elle
était heureuse de quitter l'Espagne avant le dénouement
prochain de la crise qui agite ce malheureux pays. »
(Rognure du *Journal des Débats.*)

Polémiqu edes journaux français. En annonçant, d'après le *Moniteur,* le départ du roi Ferdinand pour la Catalogne, le *Courrier français* n'a pu
ajouter :

Où en est la tranquillité du pays, où en sont les lois et le
gouvernement, quand le prince en personne est réduit à
marcher contre les rebelles , à tirer l'épée contre ses sujets,
lui dont le front, dit Montesquieu, doit toujours porter
grâce ? Une résolution de cette nature ne se prend qu'à la dernière extrémité : imminens sont en effet les périls , si l'on en
croit les bruits qui transpirent en deçà des Pyrénées : les
bandes insurgées se recrutent chaque jour de fanatiques et
de gens qui , n'ayant plus rien à perdre, ne peuvent que ga-

gner dans les commotions politiques et les désordres qu'elles entraînent. Les troupes mêmes qu'on fait marcher contre les rebelles passent en grande partie sous leurs drapeaux. Déjà le foyer de l'incendie n'est plus resserré dans la Catalogne, les provinces voisines sont menacées de combustion, les agraviados ont des intelligences jusque dans les places fortes : Tarragone a failli tomber entre leurs mains, et un officier supérieur a profité du tumulte pour s'échapper de la ville avec les prisonniers et aller joindre ceux qu'il espérait y introduire. A Madrid même la tranquillité publique se ressent des secousses lointaines qui agitent les provinces : des proclamations séditieuses ont été saisies, des hommes suspects ont été arrêtés; il faut déployer des rigueurs. Que sera ce lorsque le départ du roi et des chefs du gouvernement aura laissé en quelque sorte le champ libre aux secrets fauteurs de la révolte? La main d'une femme à laquelle la régence est confiée saura-t-elle réprimer leurs complots?

Que de catastrophes nouvelles prêtes à fondre sur cette Espagne, qui semblait arrivée au fond de l'abîme! Qui oserait prédire où s'arrêtera la contagion dont la Catalogne est devenue le théâtre? C'est pour délivrer le roi, qu'ils supposent en captivité; c'est pour lui rendre le libre et entier exercice de sa puissance absolue, qu'ils regardaient apparemment comme restreinte, que les agraviados ont pris les armes aux cris de *vive le roi absolu! vive l'inquisition!* C'est sans doute pour démentir cette injurieuse supposition que Ferdinand VII court se mettre à la tête de ses armées, et se montre le glaive à la main à ceux qui le croient chargé de liens et d'entraves : cet argument leur paraît-il bien décisif?

Si le déploiement de la force et la présence du souverain apparaissant comme juge suffisent pour ramener l'ordre, espérons du moins que le gouvernement espagnol saura mettre enfin à profit des leçons trop long-temps dédaignées. Il sera temps pour lui de comprendre que le gouvernement absolu conduit à l'anarchie, l'anarchie à la révolte, et que la révolte met tout en question.

(Rognure du *Courrier français.*)

SITUATION DES TROUPES FRANÇAISES. Les chefs des rebelles annoncent que dans les premiers jours d'octobre ils seront en état d'agir contre les Français.

(Rognure du *Constitutionnel.*)

— On lit dans la *Gazette universelle de Lyon* :

« Quelques mouvemens de troupes ont eu lieu, dit-on, dans les départemens du midi. Au moment où le gouvernement espagnol prend des mesures vigoureuses contre les insurgés de Catalogne, la prudence commande les précautions nécessaires pour préserver nos frontières de toute insulte de la part des bandes qui serait repoussées. Il faut que la force armée, chargée de faire respecter la neutralité du territoire, soit assez nombreuse pour qu'elle n'éprouve aucune résistance. » (Rognure du *Journal du Commerce.*)

Elle fait imprimer dans cette ville un journal qui a pour épigraphe : *A bas l'inquisition! à bas les maçons!*
(*Idem.*)

« Les Français ont un dépôt de convalescence aux eaux minérales de Caldas, avec un détachement de la garnison. Des ordres ont été donnés pour qu'ils rentrent tous, ce qui est prudent, parce que, en cas d'alerte, les troupes françaises ne pourraient s'empêcher de se défendre.» (*Idem.*)

FAITS. *Manresa, 9 septembre.* Les prières de quarante heures ont lieu aujourd'hui dimanche dans l'église des RR. PP. capucins. Exposition du Saint-Sacrément à trois heures et demie du soir, bénédiction à sept heures et demie; les jours ordinaires, exposition à cinq heures et demie, et la bénédiction à sept heures et demie.

Barcelone, 13 septembre.

— Comme le général Monet, nouveau commandant-général des troupes de la Catalogne, n'a amené aucun soldat à sa suite, les ravages, les vols, et tous les malheurs de l'anarchie et de la guerre civile, ne discontinuent pas. Les rebelles sont maîtres de tout le pays, excepté des places fortes et des villes de Palamos, de Tarrasa et de Mataro, qui ont été mises en état de défense. On avait aussi eu l'intention de fortifier la ville commerçante de Reus, et, pour cet objet, un grand nombre de volontaires royalistes des environs s'étaient déjà réunis dans son enceinte; mais ces troupes ont saisi l'occasion de s'emparer de 14,000 piastres fortes (70,000 fr.) destinées aux frais des fortifications, et se sont empressés de rejoindre les rebelles. Bientôt après ils sont rentrés, ayant à leur tête les RR. PP. Chocho et Pugnal, et ils ont commis

4

toutes les horreurs qu'on voit à peine dans une place prise d'assaut ; les femmes n'ont pas eu le moins à souffrir de leurs horribles excès.

A Villafranca , Villanoueva et Igualada , ils ont exigé des contributions exorbitantes , et commis les plus grands désordres.

A Manresa , ils ont ruiné tous les fabricans de draps , en enlevant toutes les marchandises de leurs magasins.

Jep dels Estanys porte maintenant une décoration qu'il prétend avoir reçue de Rome , comme un présent offert par Sa Sainteté : il se vante aussi que, dans certains cas, le brevet qui lui confère cette décoration lui donne plus d'autorité que celle du roi lui même.

Le gouverneur de Gironne conserve toujours en son pouvoir le parlementaire qu'on lui avait envoyé ces jours derniers pour demander la reddition de la place.

Notre journal d'hier publie la circulaire ci-jointe de la direction générale des rentes. Un exemplaire de cette pièce ayant été adressé à don Jean Gallo, intendant de notre province , ce dernier s'est empressé d'en donner connaissance à la junte de commerce de la principauté. Voici cet écrit :

« D'après un ordre royal qui a été communiqué à cette direction par S. Exc. le ministre des finances , on fait savoir à cet établissement que parmi les mesures adoptées par le gouvernement dissident du Pérou , il est statué qu'on admettra dans les ports principaux de la soi-disant république les cargaisons de marchandises espagnoles , sous quelque pavillon que ce soit , à condition que les bâtimens devront présenter deux quintaux de mercure pour chaque tonneau de leur port. C'est ce que la direction communique à votre seigneurie et aux bureaux qui sont sous sa dépendance. »

Est ce que le gouvernement espagnol comprendrait enfin que le commerce de la péninsule pourrait être avantageux au pays ? Est-ce qu'il éprouverait quelque velléité de reconnaître ce qui ne peut plus être méconnu ?

(Rognure du *Constitutionnel.*)

Madrid, 14 *septembre.*

—Au milieu de cette complication d'événemens, les intrigues du palais sont plus grandes que jamais ; beaucoup de personnages ont profité de cette circonstance pour déployer contre le ministère une opposition qui, surtout au conseil-d'état, est devenue formidable; et comme les finances sont dans tous les'pays le nerf de l'état, c'est à cette partie que l'on s'est principalement attaqué, et l'on n'a pas eu de peine à démontrer que l'administration de M. Ballesteros, qui dans les finances représente le ministère entier, a été la plus ruineuse que jamais ait eue l'Espagne, et qu'elle n'a servi qu'à épuiser 'le peu de ressources du pays au profit de quelques particuliers; on a surtout fait un crime au ministère en masse de ce que, après que le roi avait ordonné que les intérêts de l'emprunt royal fussent payés en Espagne, ce qui pouvait se faire sans manquer en rien à la bonne foi, on a fait des frais énormes pour payer les intérêts de l'emprunt au dehors, sans que les ministres aient pu présenter aucunes raisons valables pour justifier ce surcroît de dépense.

M. Zorilla et ses employés ne savent quel parti prendre., Ils ont trouvé dans les archives de M. Recacho et Valboa une grande quantité de lettres, et autres documens écrits par des personnages de haut rang, qui prouvent que S. M. connaissait les intentions du parti apostolique. Il résulte de ces pièces que beaucoup de personnes qui ont trempé dans des intrigues séditieuses, l'ont fait, non-seulement avec la connaissance du roi, mais par son ordre. En un mot, les agens de la police étaient si nombreux et si puissans, que M. Zorilla s'exposerait beaucoup s'il découvrait tout ce qui se passe, parce qu'il se mettrait à dos les dénonciateurs et les dénoncés.

(Rognure du *Constitutionnel.*)

Perpignan, 17 *septembre.*
— Les malheurs de Reus se sont confirmés; les troupes commandées par le cordelier Pugnal ont saccagé toute la ville; le pillage, la rapine et le viol, ont été le fruit de cette malheureuse journée; aussi, Barcelone continue à être le refuge des citoyens qui ne veulent pas être exposés aux insultes des féroces soldats de la junte : les familles sont entassées les unes sur les autres; les écuries sont transformées en lieux d'habitation, et les autorités, craignant que la santé publique n'en fût altérée, viennent de faire publier un ordre par lequel il est défendu aux propriétaires et principaux locataires d'admettre dans leurs maisons un plus grand nombre de personnes que ne le permet la capacité respective de leurs habitations.

(Ibid.)

4.

—Malgré toutes ces dispositions, il est à craindre que le gouvernement ne vienne à succomber dans cette lutte, car, indépendamment des symptômes de révolte qui se manifestent dans la Vieille-Castille, nous avons appris hier que quelques petites bandes de dix à quinze hommes ont été aperçues dans la province de la Manche; en sorte qu'au moment où je vous écris on peut dire que la rebellion a gagné d'une manière plus ou moins considérable un tiers du territoire espagnol.

(Ibid.)

PORTUGAL.

Les affaires de la Péninsule tout entière présentent un triste spectacle. Il y a là deux gouvernemens et deux peuples qui sont tombés en délire; on ne peut se dissimuler que la tutelle du ministère anglais ne réussit guère mieux au Portugal que celle du ministère de France à la monarchie de Philippe V. Malheureuses nations que celles qui tombent sous les lois de l'étranger! Malheureux trônes que ceux qui se trouvent armés du pouvoir absolu! Le pouvoir de tout faire n'est autre que celui de tout perdre.

Les réactions successives du gouvernement portugais sont inexplicables. Voici des faits :

Lisbonne 8 septembre. (*Correspondance particulière.*) La direction imprimée à la marche du gouvernement a produit dans les provinces l'effet que l'on devait en attendre. Une bande de rebelles a attaqué, à onze heures du soir du 21 août dernier, la place de Melgaço; l'attaque a été vive et la résistance vigoureuse. Les assaillans ont été repoussés, battus et poursuivis jusqu'à la frontière.

Des émissaires apostoliques étaient parvenus à séduire une bonne partie du régiment d'infanterie n° 20, cantonné à Campo-Major. On voulait l'entraîner à déserter en Espagne pour se réunir aux bandes des factieux et des traîtres. La fermeté des officiers a déjoué le complot; il n'y a eu que quelques déserteurs isolés.

La faction Silveira a eu l'audace de faire publier de nouveau des proclamations incendiaires à Chaves, Villa-Réal, Bragança et aux environs, au nom du prétendu roi don Miguel Ier, souverain absolu. La chose est tellement grave, et les conséquences pouvaient être si funestes dans la disposition actuelle des esprits, que le gouvernement s'est vu forcé d'en faire l'aveu dans la gazette officielle, et de prendre des mesures de répression.

On sait maintenant que la nomination du général comte de Villa-Flor à la place de gouverneur de Porto, était méditée depuis long-temps, car cet homme, qui était parvenu à usurper une certaine influence politique détruite par sa conduite postérieure, avait sollicité ce poste, depuis quelques mois, auprès de l'ex ministre Saldanha lui-même, qui a repoussé vivement cette demande indiscrète, en disant que l'on ne devait pas faire une injure aussi criante au brave général Stubbs, aujourd'hui victime de son zèle et de son patriotisme.

La nomination du comte de Villa-Flor se rattachait au grand plan imaginé par une fraction de la minorité de l'aristocratie féodale. Quelques membres de cette oligarchie turbulente et ambitieuse n'ont cessé, depuis la mort du roi Jean VI, de s'occuper du moyen d'usurper les droits de la nation, et de placer l'autorité royale sous une tutelle dégradante.

On donne comme preuve de cette inculpation : 1° l'objet de la mission confiée aux députés envoyés à la cour de Rio-Janeiro après la mort de S. M.; 2° les retards et la résistance opposés par le conseil de la régence et le ministère d'alors à la publication de la charte constitutionnelle, octroyée généreusement par le roi don Pedro IV; 3° le discours prononcé par le comte de Villa-Réal, dans sa qualité d'ex-ambassadeur portugais en Espagne, à la séance de la chambre des pairs du 4 décembre 1826, et la déclamation, quelques jours après, à la tribune, contre le général Saldanha, contre son système politique et militaire, et contre des membres de la chambre populaire (les discours de ce pair sont d'autant plus attaquables, comme documens historiques, que l'on y rencontre les mêmes pensées et les mêmes déclamations contre une prétendue *tendance démagogique*, que dans la circulaire diplomatique du comte da Ponte, publiée dans la gazette officielle du 3ı juillet dernier); 4° dans le message voté par la minorité de la chambre des pairs , sur la proposition du comte de Lapa , dans la séance du 29 janvier dernier, pour solliciter directement le prompt retour en Portugal de l'infant don Miguel, sous le nom spécieux de la reine dona Maria II, qui est encore dans l'enfance, et dont l'arrivée en Portugal serait certainement étrangère à toute espèce d'influence sur la marche du gouvernement; 5° dans l'impunité accordée aux chefs des factieux; 6° dans le refus obstiné de reconnaître et de respecter les ordres et les décrets de S. M. le roi légitime don Pedro IV.

L'esprit constitutionnel qui anime la masse de la majorité de la nation ayant dérangé les premiers plans de l'oligarchie , ses principaux coryphées ont été forcés de changer d'attitude et de moyens, mais sans jamais changer de but, qui sera toujours le même.

A l'exemple des nobles mécontens sous le règne de Louis XIII , quelques *fidalgos* , ou anciens nobles portugais, n'ont rien négligé pour se mettre à la tête de tous les gouvernemens militaires des provinces , pour pouvoir dominer et maîtriser la nation. Tout en protestant qu'ils servent le roi , et qu'ils ne font la guerre qu'aux prétendus républicains, aux démagogues, et en proclamant de toutes parts, avec une affectation puérile : *A carta e nada mais, a carta emada me nos* ; ces singuliers défenseurs de la charte ne déguisent guère leur projet bien connu de la rendre un vain fantôme sans réalité et sans exécution pratique , après avoir écarté des fonctions publiques tous les hommes intéressés à la soutenir et en état de le faire.

Il est en effet digne de remarque que tous les commandemens des provinces , sont aujourd'hui entre les mains d'une seule classe de pairs du royaume. On doit croire que plusieurs sont animés de sentimens constitutionnels; mais il serait peut-être plus prudent et plus convenable de se rapprocher un peu mieux du véritable esprit du titre 13 de l'article 185 de la charte qui consacre l'égalité des droits des citoyens. L'indication des noms rendra cette vérité plus sensible. Le comte de Lumiares gouverne la province du Minho : le marquis de Valence celle de Tras-os-Montès , le comte d'Alva celle de Algarves, et le comte de Villa Flor la seconde ville du royaume, tandis que le comte de Ponte est à la tête du gou

vernement suprême de la nation , et que les constitutionnels
de bonne foi sont en général condamnés à la nullité et à l'i-
naction. N'est il pas dès lors naturel de redouter un peu l'en-
traînement de sympathie, fondée sur la communauté des
intérêts de classe sous une nouvelle forme de gouvernement
qui doit détruire un grand nombre de vieux abus qui ron-
gent la nation au profit exclusif d'un petit nombre de personnes?

Au reste , on pense généralement que l'occupation de tous
les emplois supérieurs de l'état a un double objet. ·

Le premier, de se ménager les moyens de pouvoir imposer
des conditions , à leur avantage , à l'infant don Miguel, si
S. A. entre en Portugal pour le 25 octobre prochain.·

Le second , d'exercer une influence absolue sur l'esprit
du roi don Pedro IV, si S. M. cède au vœu national et se rend
en Portugal , en écartant des avenues du trône et en repous-
sant de la présence royale tous les hommes franchement dé-
voués à son auguste personne, et amis sincères de la charte
constitutionnelle. ·

Victorino da Silva Moraes , contrôleur général, a été nommé trésorier général du trésor public.

La gazette du gouvernement publie ce matin un ordre du
comte da Ponte , en date du 5 de ce mois, qui prononce la
destitution de Joâa Rozendo de Mendonça Pessanha , lieute-
nant-colonel, de la place de chef de l'état-major du gouverneur de la province d'Alemtejo. _

On lit dans le même numéro de la gazette officielle , sous
le titre d'*Annonce* , un désaveu publié au nom du capitaine
de navire portugais *Pombinha* , parti de Rio-Janeiro le 25
mai dernier, et entré dans le Tage le 2 août. Il déclare qu'il
n'avait pas annoncé de projet de départ de don Pedro IV
pour Lisbonne. Cet avis tardif, publié par la gazette du gouvernement , a d'autant plus surpris, que l'on a négligé de
mettre en note que le navire *l'Apollon* et autres ont quitté
Rio-Janeiro vingt jours plus tard que *la Pombinha* , et ont
porté la nouvelle du projet de départ de S. M. pour l'Europe. Il paraîtrait que la réalisation de cette nouvelle conso-
lante ne serait pas du goût des nouveaux écrivains ministé-
riels.　　　　　　　　　　　　(Rognure du *Constitutionnel.*)

—Nous recevons de Lisbonne une lettre datée d 18 au soir,

et une autre de Londres, qui renferment de nouveaux détails
fort curieux sur l'espèce de contre-révolution politique qui
vient d'avoir lieu. On sait que depuis six semaines l'infante
était entrée dans un système de conduite politique tout-à-fait
contraire à celui que voulait suivre le ministre Saldanha.
Depuis le renvoi de cet homme d'état le désordre avait été
mis partout, par la faute de deux hommes sans capacité,
MM. da Ponte et Santarem. Les prisons se remplissaient d'accusés, et les destitutions de tous les hommes capables avaient
commencé par celle du brave général Stubbs.

Tout le monde attendait avec une inquiétude pénible le
résultat de tant de violences et de tant de folies. L'honneur
de l'Angleterre se trouvait d'autant plus gravement compromis qu'on attribuait à l'inimitié personnelle de sir W. A'Court
contre le général Saldanha le renvoi de ce ministre, et la
marche rapide qu'avait prise l'insurrection sous l'influence
de la reine. Renommé jusqu'ici, sinon par ses principes, au
moins par une sorte de finesse diplomatique, sir W. A'Court
a perdu ici le reste de célébrité qu'il avait en ce genre. Au
milieu de cette véritable anarchie, il était difficile de savoir
comment on pourrait en sortir, et la crainte de l'arrivée de
don Miguel à la suite de la faction qui voulait alors le ramener avant que fût arrivée la réponse du roi don Pedro, ache-
vait d'ôter toute espérance. Tout-à-coup la scène a changé.

(Rognure du *Constitutionnel*.)

AFFAIRES D'ORIENT.

Peut-être vous souvient-il, monsieur, que lorsque
je vis les sommations hautaines du cabinets au dey
d'Alger, je jugeai que le ministère s'embarquait dans
une lâcheté.

Lorsqu'il y a quinze jours le *Moniteur* fulmina
son article conquérant contre les Turcs, j'écrivis
qu'en le lisant j'avais tremblé pour la Grèce.

En effet, deux jours après sont venues les nouvelles des refus superbes de la Porte. Aussitôt, tout

a changé ici de langage, ou plutôt tout a pris le parti
de se taire. Les ministres voudraient pouvoir tapir
eux et la France dans un coin inconnu de l'univers,
pour échapper à la mauvaise humeur de la Sublime-
Porte.

Sommé par vous, monsieur, d'expliquer son silence, le *Moniteur* répondit bravement qu'il ne parlait point parce qu'il ne parlait point, qu'il aurait
déjà parlé s'il avait voulu parler, et qu'il parlerait
très-certainement le jour qu'il parlerait. Du reste,
pour ce qui est de la délivrance de la Grèce, de la
prise de Constantinople, de toutes ses conquêtes de
la semaine précédente, il n'en disait plus le mot. Sa
campagne était finie.

Depuis ce moment, la censure n'a qu'une application, celle de biffer tout ce qui pourrait donner à
ses maîtres l'inquiétude d'être entraînés à la guerre,
tout ce qui pourrait mettre la France sur la voie des
soumissions auxquelles nous sommes disposés.

Cependant l'opinion générale est que le ministère
a été pris de peur trop vite. Le Grand-Seigneur n'a
guère en ligne, pour le moment, que les flottes
égyptiennes, et le Pacha paraît avoir précisément la
même envie d'en venir aux mains, que les ministres
d'Angleterre et de France. Ses vaisseaux, pour aller
d'Alexandrie dans le Péloponèse, ont inventé d'aller
jeter l'ancre sur les côtes de Syrie. Le moyen était
excellent pour donner aux escadres chrétiennes le
loisir de prendre position entre eux et la Grèce.
Avec des dispositions si pacifiques, il y aurait bien
du malheur que la guerre survînt. Jusqu'à présent
ce ne sont que des parades.

Cependant on ne peut pas se dissimuler que la Russie a des dispositions plus sérieusement guerrières ; qu'à Constantinople mille incidens peuvent naître qui mettent le monde en feu ; que l'empire turc s'écroule, malgré tous nos efforts, sur ses vieux fondemens ; que le traité philhellène peut, malgré quelques-uns de ses auteurs, devenir une transaction sérieuse. Le ministère a donc raison de trembler.

Que la censure sabre la polémique, on s'y attend. Cette phrase est défendue au *Constitutionnel* :

—L'intervention des flottes ne sera-t-elle point considérée par la Porte comme un acte d'hostilité? Pour l'envisager autrement, il faudrait qu'elle rabaissât singulièrement ses habitudes de hauteur et son ton accoutumé d'arrogance. Alors que fera-t-elle?

Les faits ne sont pas mieux traités ; et on va voir que rassurer les familles françaises qui ont des parens en Orient est chose illicite ; car ce serait donner à croire que des tourmentes peuvent naître dans ces parages, et il faut écarter des imaginations ministérielles tout ce qui pourrait les troubler..

— Des lettres reçues de Smyrne annoncent que les sujets français, anglais et russes, s'étaient placés sous la protection des consuls d'Autriche, de Prusse et de Suède, pour mettre leurs personnes et leurs propriétés à l'abri de toute violence de la part des Turcs. La même mesure aura été adoptée dans les diverses échelles et même à Constantinople. Les ambassadeurs seront les seuls exposés aux effets de la mauvaise humeur du divan ; mais leur caractère diplomatique, et la crainte de pousser les choses trop loin avec les puissances qu'ils représentent, leur assurent une espèce d'inviolabilité.

(Rognure du *Courrier français*.)

—*Du* 14 *septembre*. (*Correspondance particulière*.) Nous recevons par voie extraordinaire la nouvelle que depuis l'arrivée au quartier-général de la deuxième armée de plusieurs

officiers d'état major expédiés de Pétersbourg, les mouvemens de concentration de divers corps de cette armée s'exé-
cutent avec beaucoup plus d'activité. Toutes les troupes
dont les cantonnemens occupaient un espace de cent et quelques lieues, depuis Choczym jusqu'à Simférapol (Crimée),
marchent pour se réunir sur le Pruth. On évalue leur nombre à près de cent mille hommes de toutes armes, non compris le corps d'armée du général Sabanief en Bessarabie, dont
les avant-postes touchent l'extrême frontière limitrophe du
territoire moldave.

Nous apprenons de Bucharest qu'un officier supérieur turc
a successivement visité dans le plus grand détail les forte-
resses de Galatz et d'Ibraïlow, et que peu après son départ ces
places ont reçu de l'artillerie. Les garnisons n'avaient pas
encore été renforcées.

Un Tartare, expédié de Constantinople, a apporté au
pacha d'Andrinople des dépêches qu'on croit relatives à la
destination assignée aux troupes rassemblées aux environs de
cette ville.   (Rognure du *Constitutionnel.*)

—Les affaires de l'Orient inquiètent le commerce français,
surtout depuis qu'il a été informé de la cérémonie burlesque
du Grand-Seigneur, qui a paru devant ses troupes *couvert
d'un cilice*, comme un signe de deuil et de danger pour l'empire ; il ne lui reste plus que d'arborer l'étendard de Ma-
homet pour appeler les populations aux armes, ce qui peut
devenir le signal de l'extermination de tous les Francs. Mar-
seille a dans le Levant beaucoup d'intérêts commerciaux, et
des intérêts d'amitié et de parenté ; aussi, remarque t-on
moins de haine et d'animadversion dans les propos des né-
gocians turcophiles ; s'ils ont désiré l'asservissement de la
Grèce, c'était pour en profiter sans danger, et avoir moins
de concurrens dans le Levant, l'Archipel et les côtes de Bar-
barie ; mais maintenant que leurs intérêts peuvent être compromis, ils doivent se repentir des vœux indiscrets et bar-
bares qu'ils ont émis contre un peuple malheureux, victime
de la plus sanglante oppression. Chaque jour on attend la
nouvelle de l'acceptation de l'intervention, et la fin de la
guerre d'Alger, pour calmer beaucoup d'inquiétudes et ga-
rantir de grands intérêts....

          (Rognure du *Journal des Débats.*)

— *Constantinople, 25 août.* Depuis quelques jours il est parti pour les Dardanelles trois ou quatre mille hommes d'infanterie et d'artillerie. (*Ibid.*)

—On assure que le sultan est déterminé à pousser les choses à l'extrémité, même à une rupture ouverte. L'embarquement des familles des ambassadeurs confirme assez cette opinion. On fait aux Dardanelles de grands préparatifs de défense. (*Gazette d'Augsbourg.*)

NOUVELLES ÉTRANGÈRES DIVERSES.

RUSSIE. — Le gouvernement russe vient de faire fermer la chaire de philosophie de l'université de Moscou. Une mesure semblable sera prise, dit-on, dans tout l'empire. En compensation, on a établi un nouvel ordre de chevalerie destiné à récompenser les services civils et militaires.

(Regnure du *Journal du Commerce.*)

SAVOIE.—*Chambéry, 15 sept.* (*Correspondance particulière.*) La situation de ce pays devient plus déplorable d'année en année. Privés de tous débouchés à l'intérieur, imposés comme dans le temps où nos produits jouissaient d'un écoulement facile, l'abondance même des récoltes, au lieu d'être pour nous une source de prospérité, est envisagée par nos agriculteurs comme un fléau, par l'avilissement qui en résulte pour le prix des denrées. Pour peu que cet état de détresse continue, le gouvernement sera forcé de lever la contribution foncière en nature, vu l'impossibilité où se trouveront les propriétaires de l'acquitter en argent. Tout commerce a disparu de nos contrées; le transport des marchandises qui transitent, par le Mont-Cenis, de Gênes en Suisse, entretient encore sur nos grandes routes une espèce de mouvement qui fait illusion aux voyageurs; encore est-il probable que nous en serons privés quand la route commerciale de Saint-Gothard sera complètement achevée. Nos eaux thermales et nos glaciers attirent toujours un grand nombre d'étrangers dans la belle saison. Sans cette ressource, qui, toute momentanée qu'elle est, sert à répandre quelque aisance dans certaines localités, les espèces d'or et d'argent, déjà excessivement rares, auraient entièrement disparu de la circulation. Tandis que la masse du peuple souffre, il arrive, par une compensation qu'il est aisé de prévoir, que les grandes propriétés se reforment insensiblement, soit parce que les lois sardes favorisent l'accumulation des propriétés foncières dans les mêmes. mains, soit parce que l'appauvrissement graduel des petits propriétaires les dispose à vendre leurs terres à vil prix, et à rentrer dans la classe des métayers.

Les moyens d'instruction nous manquent presque entièrement. Nous n'avons plus nulle part d'écoles gratuites. Les parens trop éloignés du chef-lieu pour envoyer leurs fils au collége des jésuites de Chambéry, redoutent de les placer dans les écoles provinciales. L'introduction de toute espèce de livres est soumise à des formalités qui équivalent à peu près à des prohibitions. La seule ville de Chambéry possède une bibliothèque publique, qui, toute insuffisante qu'elle est, offre aux habitans de cette ville une ressource dont ils doivent sentir d'autant plus vivement le prix, qu'elle est refusée. au reste de la province. La petite ville de Thonon, dans le Chablais, compte un grand nombre d'hommes avides d'instruction. Les habitans les plus aisés s'étaient proposés dernièrement de créer dans leur ville une bibliothèque à frais communs, avec un salon de lecture sur le modèle des sociétés de lecture qui existent à Genève et à Lausanne. Ils ont été péniblement surpris en recevant l'injonction de renoncer à leur projet, attendu, selon les expressions dans lesquelles était conçu cet ordre, que les réunions littéraires étaient prohibées dans les états sardes.

Il n'y a plus aujourd'hui que deux journaux étrangers dont la circulation soit permise dans la Savoie : la *Gazette de France* et *la Quotidienne.* Quelques particuliers attachés à l'administration, et pour lesquels on présume que cette faveur est sans danger, sont autorisés à lire la *Gazette de Lausanne.* Le *Journal de Savoie*, rédigé par M. le professeur Raymond, de Chambéry, ne contient plus guère aujourd'hui que des articles de littérature et des charades.

(Rognures du *Constitutionnel.*)

SUISSE. — La *Gazette de Lausanne*, du 18 septembre, annonce que le gouvernement sarde vient de réclamer, pour le cas où il se trouverait en Suisse, l'ex-capitaine d'artillerie piémontais Evasio Radice, condamné à mort comme l'un des chefs de la révolution de 1821.

Puisque après six ans ce gouvernement se souvient encore

de cette révolution, de la sentence capitale prononcée pour ce délit politique contre cet officier, et qu'il demande son arrestation et son extradition à un peuple libre, nous croyons pouvoir le prévenir que cette demande est inutile : 1° parce que les gouvernemens ne se prêtent à ces extraditions que contre les voleurs, les faussaires et les assassins (et encore tous les assassins ne sont pas renvoyés devant les tribunaux qui les ont condamnés); 2° parce qu'il est vraisemblable que M. Evasio Radice combat dans cet instant en Grèce pour la croix et pour la liberté.   (*Ibid.*)

LIBERTÉ DE LA PRESSE EN SUISSE. — On lit dans le *Journal de Genève*, du 20 septembre : « Les pouvoirs extraordinaires que le conseil souverain avait conférés au conseil-d'état, d'année en année depuis 1823, sur la liberté de la presse et la police des étrangers, sont expirés depuis le 16 de ce mois. Dans l'état actuel de notre législation, leur renouvellement, n'étant plus nécessaire, n'a point été demandé. Ce n'est pas sans une vive satisfaction que nos concitoyens auront appris cette nouvelle.

« Ainsi, en rentrant dans le libre exercice de nos droits constitutionnels, c'est-à-dire, pour ne parler que de la presse, en abolissant la censure, nous l'avons fait d'une manière à la fois honorable pour nous, convenable pour la Suisse, et satisfaisante pour les puissances étrangères. »

(Rognure du *Journal des Débats*.)

CONCLUSION.

On vient de voir la censure s'appliquer à maintenir la nation françise dans l'ignorance de l'heureux retour de la nation suisse à ce régime de la liberté de la presse, sans lequel il n'y a que des peuples esclaves.

Le ministère, qui a pris ainsi à forfait l'ignorance publique, n'a point répondu aux réflexions que j'ai publiées sur l'illégalité du meurtre commis dans la plaine de Grenelle, en vertu d'un jugement de

conseils de guerre suisses. Il est bien entendu que si
un tel assassinat venait à se renouveler, le ministère
y aurait trempé. Il répondrait devant Dieu et devant
les hommes du sang qui aurait été répandu malgré
nos codes, malgré la charte, malgré les prérogati-
ves de la couronne, malgré l'honneur de la France.

On ne voit pas bien quels seraient ses motifs de
tenir à ce système inouï parmi les nations. Entend-il
par hasard que la liberté de la presse ait passé les
frontières avec les régimens suisses ? Si ces soldats
voulaient faire un journal, auraient-ils le privilége
d'être exempts de la censure !

L'unique intérêt du ministère serait d'avoir des
tribunaux français de moins. Que ne peut-il instituer
partout des tribunaux étrangers ?

La mauvaise humeur que nos magistrats lui donnent est si grande, qu'il s'est résolu à faire appel du
mémorable arrêt que les funérailles de M. Manuel
ont provoqué. La joie du conseil serait vive s'il prou-
vait au pays que les biens qui nous viennent de la
magistrature ne sont pas plus à l'épreuve de ses atteintes que ceux qui nous viennent de la couronne.
Mais la magistrature sait que nos libertés outragées
n'ont pas d'autre sauve-garde que la justice, qu'il
s'agit peu, dans nos débats, de faits solitaires, d'ac-
cidens passagers, de rédactions fugitives; il s'agit
d'un fait immense, le maintien de la restauration
avec tous les intérêts dont elle se compose, aussi bien
qu'avec les garanties qu'elle a données. Ces garanties
ont été méconnues, ces intérêts compromis, le jour
où trois hommes, par un contre-seing qui est un
attentat, ont pu remettre en question le système qui

nous régit, suspendre le premier de nos droits, se jouer de l'esprit et de la lettre de l'acte législatif qu'ils ont invoqué contre la France. Là est l'arrêt dont cette France offensée porte chaque jour l'appel devant ses magistrats ; là est la coupable, la périlleuse application des lois.

N. A. DE SALVANDY.

Ce mercredi 3 octobre 1827.

IMPRIMERIE D'AUGUSTE BARTHELEMY,
rue des Grands-Augustins, n° 10.

www.ingramcontent.com/pod-product-compliance
Lightning Source LLC
Chambersburg PA
CBHW060811180626

46818CB00002B/782